JN153169

坂道を登るが如く

物理学研究者の、人々の偉さにうたれる日々を綴るエッセイ

曽我 文宣 著

丸善プラネット

まえがき

　私は子供の頃、同級生の大の親友、中島邦雄君の家が代々木駅の近くにあったので、我が家から五、六〇〇メートルあっただろうか、遊びに行くため、家から駆けだして、特に、代々木駅への長い坂道、一〇〇メートルくらいの緩やかな登りを走っていった。一刻も早く友達と遊びたい一心であったのだが、何か黙々と走るというのが好きで、これはその頃たくさん読んでいた少年少女向き偉人伝の影響があって、彼らが黙々と一生懸命努力するという姿を、子供心になぞっていたように思う。

　そのお陰もあったのだろう、小学校の短距離の徒競争ではいつも後ろのほうで遅かったのだが、持久力がついたのか、中学、高校では、中距離、長距離はいつも得意種目となっていて、運動会での一五〇〇メートルとか、冬に行われた全校マラソンで、中学で五キロで約三〇〇人、高校で一〇キロの約四五〇人の競走ではだいたい学年上位の入賞だった。参加しなかったのは、受験を二ヶ月後くらいに控えた高校三年の時だけであった。特に道路での登りの坂道になると、皆が次第に遅れてきて自分が何人も抜いていくというのは、何とも言えない快感であった。

　これが今でも、冬の正月の箱根駅伝とか、実業団駅伝、数々のマラソンレースの実況中継で、テレビに熱中する趣味につながっている。

　また、登山が好きで、一〇代後半から、大学、大学院の学生時代は、友達と随分高い山に登った。後立山連峰や朝日連峰、大雪山などを荷物が数十キロになるキスリングザックを担いで、山小屋泊まりで、あるいはテント持参で数日かけて縦走することもあった。徳川家康は「人の一生は重荷を負いて遠き道を行くがごとし」と述べたと言うが、これも何となく黙々と長い行程を過ごすことの大切さを言ったものであり、頂上に着いた時の得も言われぬ達成感は極上のものに思われた。我々の若い時代が一つの登山ブームで、今や中高年者になった彼らの登山というのはよく話題になり遭難事故もよく起こるようだ。

私はどうかと言うと、社会生活を本格的に始めた三〇歳代からは、忙しさもあって全く登山はやらなくなった。数年前に久しぶりに都下の高尾山に妻と出掛けた。小学校四年生の時の遠足で行った山であり、ハイキングとして最近は外国人に非常な人気があるというのだが、頂上まで川沿いの六号路を二時間くらいかけて登るのに結構手間取った。帰りの一号路は薬王院を見物する標準路であったが、上への荷物運搬用の自動車が通れるようにすべて舗装がしてあって、降り切る頃には足ががくがくになってしまった。高尾山は標高わずか五九九メートル、高尾山駅の標高を調べてみると四七二メートルというから、わずか一二七メートルの標高差を登り、また降りたに過ぎない。

我ながら随分脚力が衰えたもので、考えるとがっくりする。しかし、これが人生というものなのだろう。体力は全くなくなった。

それで、現在頑張れるのは知力のみである。だから、読書をしてさらに知識を伸ばし、深く物事を考察して、文章を書く。これには相当の精神力が必要となる。今さらながらに、専門外の科学の解説書を読むとか、久しく読むことのなかったジャンルの長編小説に挑んでみるとか、粘り強く頑張らないといけない。これは長い坂道を歩き登っていく登山とそっくりである。面白くもない本を読むことになって、途中で全く嫌になり、やめたくなることもしばしばである。しかし、やりはじめたのだから、最後までやり通さないと、はっきりした区切りがつかないし、結果が出ないと思い、最後まで読み通す。また登山はその先に頂上があるのだが、こういう活動にはそういうはっきりした目標が存在しない。

それは、多くの専門書や教養書、解説書のように、人を教育しようというのではなく、評論家の書く本のように、社会に影響を及ぼそうというわけでもない。いわんや現在年間四〇〇以上もあると言われる文学や出版のどのような賞とも無縁であり、親しい少数の友達や知り合いに読んで欲しいと思って書いているのに過ぎない。僅か数百部の限定販売の自費出版であるからだ。

ただ、新しい知識の習得は、それ自体が楽しい。苦しみながらも過程そのものを楽しみ、自分の達成感に喜びを感じて生きている。一冊書きあげるのは登山で言えば一つの頂上に登ったような感じがする。しばらくはいい気分だし満足感もある。そしてその山を降りる。

出版から半年ぐらいの間は友達にその旨を知らせながら、また気になることが出てきて、別の問題について興味本位にいろいろ調べたり、考えたりする。もっとよく知りたいと思い、さらに努力しなければと思って本を読む。そして考える。その結果をまとめるために書いてみる。これらは登山に似ていて、今度は別の山にまた登ろうとするかの如くである。

このような生活ができるというのは、さまざまの条件、健康、家庭が一応整っていること、好奇心へ向けてのエネルギーがまだまだ尽きないでいることであろうが、こんな状況になるまでの、さまざまのお世話になった方々を思うと、その人たちへの感謝の気持ちが猛然と湧いてくるこの頃である。

目次

《付記》本書においては、原文引用および写真転載にあたり、原則として次の要領に従っています。

(1) ふりがなは、（ ）内に記した。

(2) 中略部分については、三点リーダ（……）で示した。

第一章　科学とその周辺

暗黒物質と暗黒エネルギー

ヒッグス粒子の発見は、ここ数年での物理学における大発見であった。二〇一二年七月、それに続いてさらに二・五倍のデータの蓄積を経て二〇一三年三月、ＣＥＲＮ（ヨーロッパ原子核研究機構）はこの粒子が確かに発見されたと報道した。質量はエネルギーの値にして、二つの実験グループ、ＣＭＳでは一二五・三、ＡＴＬＡＳでは一二六・〇ＧｅＶ（ＧｅＶは一〇億電子ボルト）と極めて近い値が得られた。

質量をもたらすヒッグス場による理論の構築は、詳しくはわからないにしても、学会誌レベルの解説を読むとあんなことだろうな、というのは原子核物理学を専門としていた私としては方法論的に筋道だけはある程度理解できる。ゲージ場の方程式で、ヒッグス場というものを考え、あるラグランジアンを仮定して、ある種のポテンシャル（ワインボトル型）では、自発的対称性が破れ、その真空期待値を量子化すると……云々（注一）。もっとも整理されてみればかなりの物理学研究者が理解しうるものになっているようだが、これに至るまでには、多くの人々の大変な数々の理論構築の試行があったのが事実である。これによって二〇一三年のノーベル物理学賞はこの粒子の存在に重要な寄与をした二人の理論物理学者、ピーター・ヒッグスとフランソワ・アングレールに与えられた。

しかし、ヒッグス粒子が発見されて、標準理論がうまくいったということが、次の問題を提起しているという。フェルミオン（スピン二分の一の半整数の粒子）とボソン（スピン整数の粒子）間の非対称性を克服する超対称性理論とか、まだその超対称性粒子（注二）は見つかっていないとか、いろいろな問題があるらしい。

物理学の世界で、私が一番興味がありかつ不明であるのは宇宙物理学の世界である。宇宙の発生の時は、インフレーション宇宙と言われるように急激に膨張してビッグバンという大爆発があり、やがて緩やかな膨張となり、現在も宇宙は膨張しているという。この理論は、今のところ、発生後のさまざまの現象をうまく説明しているようだ。ただ、現在の加速膨張をどうとらえるかという問題はあるらしい。

ところで、その発生というのが、私にはよくわかっていない。ホーキングの説では、その前には空間も時間もなかったという。これはどういうことなのだろうか。想像もつかない。数学的理論で、たぶん空間も時間もその前を表すと虚数になるという。そう仮定すると、発生後の理論が見事な整合性を持って成立するらしい。そう言われても、感覚的に虚数空間、虚数時間は理解できない。

また、宇宙の全エネルギーのうち、通常の質量は僅か四％しか確かでないという。あとは暗黒物質（ダークマター）と暗黒エネルギー（ダークエネルギー）であると言われている。このようなことを、私は以前に『自然科学の鑑賞―好奇心に駆られた研究者の知的探索』（丸善プラネット、二〇〇五年）の中で、「煌めく星のかなた」、および特に「宇宙論の果てはいかに」の節でとりあげた。その時読んだ本の一つは、一九九九年に出版された、インフレーション宇宙の主唱者である佐藤勝彦氏の『最新宇宙論と天文学を楽しむ本』（ＰＨＰ文庫）であった。それから一五年近くも経っているので、現在の状況はどうなっているのか、と思い、久しぶりで宇宙物理学の一般向け解説書を数冊読んでみた。

最初に目に入ったのは『暗黒物質とは何か―宇宙創成の謎に挑む』（幻冬舎新書、二〇一三年）である。著者の鈴木洋一郎氏はカミオカンデで、現在暗黒物質の検出のための装置を作り研究をしている第一線の実験研究者である。

カミオカンデは、岐阜県飛騨市の神岡鉱山あとの地下一〇〇〇メートルに巨大水槽の設置された実験施設である。一九八七年、一七万光年離れた大マゼラン星雲における超新星爆発からのニュートリノ・バーストを検出、その功績により二〇〇二年小柴昌俊氏がノーベル物理学賞を受賞したことで一躍有名になった。私が大学院にいた時、小柴氏の研究室は我々の研究室の隣りにあり、彼が当初陽子崩壊の検出を目的としてこの施設を提案した時から知っていた。

その当時は三千トンの水であったのだが、さらに一桁大きい五万トンの水槽が設置され、今はスーパーカミオカンデと称している。こちらの方は、今もニュートリノ検出なのであるが、鈴木氏のグループが研究に使おうとしているのは、摂氏マイナス一〇〇度に冷却した液体キセノンを使うＸＭＡＳＳ（Xenon detector for weakly interacting massive particles）検出器であるという。これによって宇宙の未知の物質である暗黒物質を直接検出しようというのが彼らの研究であって、この本はやや詳しく一般人向けに解説している。

私にとっては、ニュートリノというのは、大学の研究室での専攻が原子核物理学であり、ベータ崩壊で放出される粒子として若い時からなじみであった。スピノール場の二成分で表されること、ヘリシティーは常に左巻きしかないことも学んでいた。ヒッグス粒子も、標準理論で唯一発見されていなかった粒子であること、もう一九六〇年代にヒッグスによって予言された粒子であったことなど、その性質は詳しくはわからないながらも粒子としての存在に疑いは持たなかった。だから発見された時、ついに見つかったかというような気持ちを持ったのであった。

ところが、暗黒物質（ダークマター）というのは、粒子なのか、巨大な天体なのか、ガスなのか、ともかく今のところ信号を発しない物質として、実態が想像もつかないという存在であって、どう探求するのか皆目見当もつかないものと思っていた。宇宙にどのように分布しているのか、一様なのか、局所的なものがばら撒かれているのか、私は良くわかっていない。それが、現在、地球上で粒子として検出を試みるという企てが行われているというのは、私にとっては全く新しい知見であった。

そもそも暗黒物質の存在はなぜ予見されているかというと、宇宙の星団、星雲の回転速度に問題があった。これはケプラーの第三法則（注三）、あるいはニュートンの万有引力に関係する。中心にある質量物体からの距離が遠ければ遠いほど公転周期は長くなる。太陽の惑星である冥王星は水星に比べると非常に遅い周期で太陽の周りを回っていて、その周期は万有引力から計算される結果と一致する。ところが、銀河内で、太陽を含むような星の集団が中心を巡って回っている公転速度は、距離によらずほぼ一定の速度で、これを説明するのに、万有引力の法則では、銀河の中に光や電波で観測できない物質が重力源として大量に存在すると考えざるを得ないということであった。これは、さらに銀河と同じく存在する多くの星雲、それが集まっている銀河団でも同様な現象が発見されているという。

この鈴木氏の本を読むと、最初に暗黒物質の存在を言いだしたのは一九三三年にスイス出身の天文学者フリッツ・ツビッキーであって、地球から三億二〇〇〇光年離れた「かみのけ座銀河団」の質量を光と運動の両方で計算した。そうしたら運動から計算した質量は光から計算したものより四〇〇倍もあった（現在の観測では一〇倍）。それで目に見えない物質の重力によって運動スピードが早くなっているのではないかと考え、それをダークマターと名づけたという。そして一九七〇年代から八〇年代にアメリカのヴェラ・ルービンたちが銀河一つ一つの回転速度を測り、前述のような内側でも外側でもほぼ一定の速度を得たことにより、ながらく忘れられていたこの言葉が、再び脚光を浴びてきたのだという。ニュートンの法則が正しければ、銀河の外側ほど重力源が多いことになる。

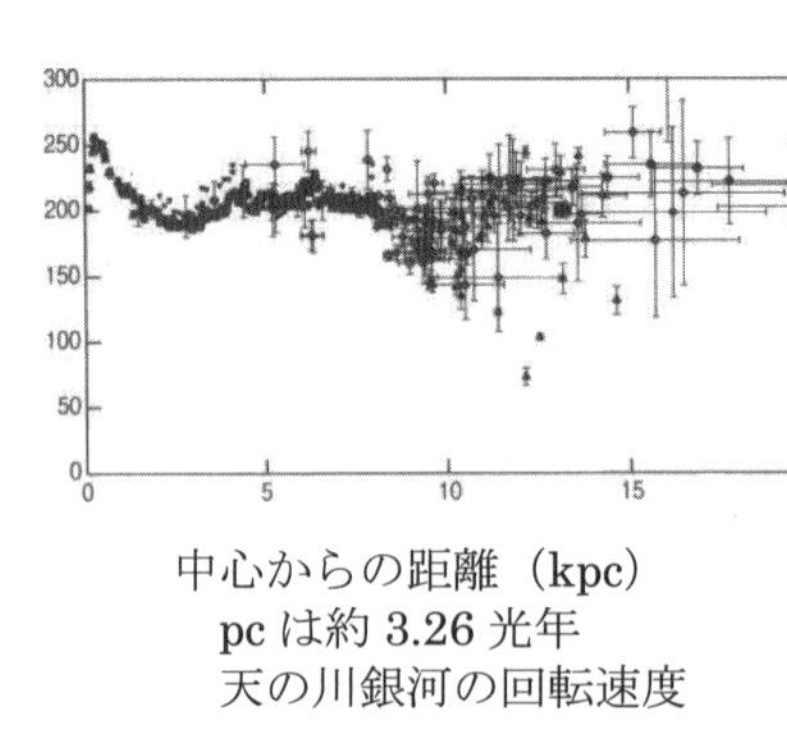

pc は約 3.26 光年

天の川銀河の回転速度

XMASS 検出器

星の運動スピードを測定するいろいろな方法とか、一般相対性理論による光の重力レンズによる暗黒物質の存在の推定、特にハワイにある日本のすばる望遠鏡による暗黒物質の分布を調べようというＨＳＣ（Hyper Suprime-Cam）プロジェクトのことも簡単に触れられている。

最新の観測（注四）では、宇宙にある物質のうち、原子、分子などを始めとする普通の物質をエネルギーで換算すると、四・九パーセント、暗黒物質が二六・八パーセント、残りが暗黒エネルギーで六八・三パーセントだそうである。これがどういうことでそう結論されているのかも興味のあることなのだが、それについては触れていない。この暗黒物質は、日常、我々の身体を通りぬけていて、その数は一平方センチメートルあたり毎秒一〇万個、（ちなみにニュートリノは毎秒九兆個）、速度は平均して秒速二三〇キロメートルと、一見して実態はかなり推測がついているように書かれている。この速度は太陽系が銀河系で引っ張られて回転している速度が秒速二三〇キロメートルだからということのようである。

もう少し専門的な状況を知りたくなったので、大学図書館で最近の日本物理学会誌を眺め、その中の解説論文を探した。二〇一一年九月号に「暗黒物質直接検出の現状と展望」（中山和則氏）があったので、読んでみた。著者は素粒子論的宇宙論の研究者となっており、非常に理論的な論文で、私はそこに出て来るいくつかの数式の意味、特にモデル依存性のある暗黒物質・核子相互作用の話などはほとんど理解しようと思わなかったが、暗黒物質の検出という考え方の枠組みがどういうものかは少し理解できた。

ここでは、ＷＩＭＰ（Weakly Interacting Massive Particle：弱く相互作用する重い粒子）・暗黒物質シナリオというものの考え方を示す、という前置きでそのことが詳述されている。理論的には他にも多くの考え方が候補として数多く提案されているとのことである。すなわち、このような検出実験は、あくまでも暗黒物質の存在に対する、ある種の仮定があって、それを探そうということであることがわかった。この暗黒物質の検出には三つの方法があるとのことである。一つが加速器の実験でのヒッグス粒子の発見と同じようにいくつかの崩壊粒子のエネルギーを測定し失われたエネルギーからミッシングエネルギー（質量）を求める方法、二つ目が暗黒物質の対消滅によるガンマ線、電子・陽電子、ニュートリノの発生をキャッチする方法、三つ目がＸＭＡＳＳ実験のような暗黒物質と原子核の衝突による原子核の反跳による光を捉えようという検出方法である、と書かれている。

現状では、世界で幾多の実験が行われている。イタリアのグラン・サッソの地下施設でのＤＡＭＡという実験、これは原子核反跳のシンチレーション光の測定であるがヨウ化ナトリウム（ＮａＩ）を標的としている。アメリカのＣＤＭＳ実験ではゲルマニウムが標的とのこと、フランスでも同様にＥＤＥＬＷＥＩＳＳ実験が行われている。そして現在、世界最高の感度を達成しているのがグラン・サッソのキセノン標的の実験であるという。さらに日本でのＸＭＡＳＳ実験が触れられていて、バックグラウンド（電気回路の雑音や目的以外の他の事象によって作られる信号）を除外するために自己遮蔽技術が使われている点が特徴的であり世界最高の感度が予定されている、と書かれている。

ここで鈴木氏の著書に戻ると、八〇〇キログラムの液体キセノンの周囲に六四二個の光電子増倍管が断熱容器に納められ、その周りをさらに約八〇〇トンの水をたたえた水槽が囲んでいると書いてあるので自己遮蔽技術とはこの水槽でバックグラウンドを減らすことを指すようだ。

彼らが測定しようとしているのは、ニュートリノ実験のようなチェレンコフ光ではなく、暗黒物質との衝突による反跳キセノン原子核の運動により電離エネルギーを得た周縁のキセノンの発する紫外線の蛍光である。キセノンは低いエネルギーまで発光量が多いので選ばれ、いわばシンチレーターとして使うわけだ。しかし想定される暗黒物質の運動エネルギーは低く、予期する信号ははなはだ微弱なものらしい。周辺機器の材料、放射線バックグランドを減らすための種々の工夫が書かれている。

次の一冊はやや古くなるが『暗黒宇宙の謎』(谷口義明著、講談社ブルーバックス、二〇〇五年)である。これは、宇宙の構成が前述のように、普通の物質、暗黒物質、暗黒エネルギーの三者でできていてその比率を決めたのはどういう観測結果によるのか、興味があって、それについて何か書かれているのではないかと思ったからである。その結果については、私の前著で追記として、WMAP衛星の観測結果によるとのこと、と書き留めているのだが、その時はその内容について理解をしようとはしなかった。

ソンブレロ銀河

アンテナ銀河

イーグル星雲

著者は、ハワイのすばる望遠鏡での観測に精力をかけている研究者である。この本には、宇宙には光を発しない、あるいは可視光以外の電波、X線、ガンマ線、赤外線は出していても一見ダークな数々の星やガス体があることが詳しく書かれている。これらはその質量がある限界内のため核融合が起こらないで光を発するところまでいかなかったもの、また星の進化の結果、爆発が起こった後の残骸といったものなどいろいろある。褐色矮星、微惑星、白色矮星、中性子星、中質量ブラックホール、暗黒星雲、遠赤外線銀河、ウルトラ赤外線銀河など、著者のわかりやすい解説と、天体の数々の魅力的な写真で前半部が終わる。

後半はまず宇宙の質量ということで、ハッブルの膨張宇宙の発見から、宇宙背景放射の説明に至り、WMAP衛星の温度ゆらぎの観測によって宇宙のパラメーターが決まった、と書かれている。ハッブル定数のより精密な決定、密度パラメーターが一であることにより、平坦な宇宙であること、そして質量が担う密度パラメーター〇・二七、バリオンが担う密度パラメーター〇・〇四、宇宙年齢一三七億年とある。簡単な幾何学とエネルギーの考察から密度パラメーターの意味が解説されているが、これがそのまま宇宙のエネルギーの成分比に結びついている。ただここでは、詳しいことは述べないが、とあり、なぜこのような値に密度パラメーターが決定されたかは書かれていない。私の知りたかった疑問に対しては、残念ながら答えは書かれていなかった。

あとは、暗黒物質がいろいろな階層の銀河（孤立銀河、連銀河、銀河群、銀河団、超銀河団）においても存在していると仮定しなければならない事実があること、重力の法則の変更で暗黒物質の存在を回避するアイデアもあるが、それをサポートする事実は今のところないという。WIMPの探査は本当に難しいが進展を期待したい、と書かれ、最後に暗黒エネルギーについて触れている。

暗黒エネルギーは暗黒物質に比べてもっとわからない。アインシュタインの重力方程式に出て来る宇宙項（彼が宇宙がつぶれないために入れた斥力の項）との関連がひとしきり議論されているが、暗黒エネルギーそのものの実態的な観測というのは、何もなされていない。私にとっては、宇宙エネルギーから通常物質のバリオンと暗黒物質を除いた残りをすべて未知の暗黒エネルギーとしただけのようにも見える。そしてそれが実に七〇パーセント近くという大部分を占めているのだから、宇宙はまだまだ本質的に理解できていない。それでも今や数多く見つかっている超新星の観測との関連がそのエネルギー密度と圧力の関係を明らかにするかもしれないこと、その超新星の観測をより広範に行うべく、視野の狭いハッブル望遠鏡の後継機としてＳＮＡＰ(Supernova Acceleration Probe)衛星が考えられていて、二〇〇〇個の超新星を探査しようとしている（これは宇宙の加速膨張機構を研究しようとアメリカのバークレー国立研究所で計画されている）。実現は一〇年後の二〇一五年か、と本書では書かれている。

もう一つ、先述の日本物理学会誌のサーベイで目についた解説論文があった。二〇一四年三月号「宇宙加速膨張の謎に迫る―広視野銀河探査観測によるダークマター分布の計測―」（宮崎聡氏）である。著者は、国立天文台、ハワイのすばる望遠鏡で観測機器の技術を高度化することにより、現在、ＨＳＣ(Hyper Suprime-Cam)プロジェクトを進めている研究者である。

一九九〇年代後半からＩａ型超新星の観測から宇宙が加速膨張していることが明らかになってきた。この宇宙膨張の時間変化を詳細に調べることがプロジェクトの主目的であるが、これと同時にダークマターの集まりの効果を示す重力レンズによる後方の銀河からの光の測定をすることによって、ダークマターの分布を測定する、さらにはダークエネルギーの強さと時間変化を推定しようというのである。

これは、先述の粒子の検出とは全く異なるアプローチであるが、光学的観測というもっとも伝統的な方法による天文学の研究であり、目的がある程度共通であっても全く異なる方法であるのが興味をそそる。

この重力レンズのHSCプロジェクトは、鈴木氏の本でも紹介されている。重力レンズというのは、一般相対論の確証となった観測、巨大な質量の存在によって周囲の空間が歪んで、光が直進せず曲がってしまうことを利用する。その光を観測することにより逆にこの質量の存在、分布を探測しようというのである。アーサー・エディントンが南半球の日蝕の際に、初めてこの現象を観測したのは一九一九年でアインシュタインの理論発表と予言の四年後であるが、驚くべきことに現在までに既に約二〇〇〇個の重力レンズが発見されているとのことである。そしてこの曲がり具合が見た目の天体の質量から予測されるよりははるかに大きいことがわかって来て、これはやはり目に見える天体より数倍多量の質量となる暗黒物質が存在することを裏付けているという（注五）。

宮崎氏の論文によると、ハワイのマウナケア山頂にあるすばる望遠鏡は、直径八・二メートルの反射望遠鏡（凹面でその焦点は鏡面の一五メートル上部でそこに直径最大八二センチメートルの補正レンズを持つカメラ撮像装置が置かれている）である。このHSCは通常の撮像装置に変えてそれを超広視野主焦点カメラとするもので、そのための数々の技術的改良の詳細が説明されている。光に感応するCCD(Charge Coupled Device)が高量子効率となるように、日本、アメリカを問わず、さまざまの会社の製品を利用したり技術を新たに開発したりする著者たちの努力が書かれている。

焦点面に完全空乏型CCDが一一六個敷き詰められ、それらは暗電流を減らすためマイナス一〇〇度まで冷却されていてそのため真空容器に入れられている。総画素数は約九億という。四個のＣＣＤに対し一枚のボードが読みだし回路となっており、高インピーダンスのＦＥＴを入力段とするオペレーショナルアンプが使われている（私はこれらの言葉は、原子核物理における加速器の実験でなじみだったのでなつかしく感じた）。これに光学フィルター、いろいろの収差（球面収差、コマ収差、非点収差など）を補正する光学系が付け加えられている。

観測すべき天空の広さが角度にして一〇〇〇平方度以上と予想されているのに対し、この結果、今までの視野直径〇・五度角が一・五度角と広さが九倍に広がった観測ができるようになった。このプロジェクトは二〇一四年二月から五年かけて行われるとある。既に始まっているはずである。

次に読んだ一冊は『宇宙のダークエネルギー「未知なる力」の謎を解く』（土居守、松原隆彦共著、光文社新書、二〇一一年）であった。この本は二部に分かれ、第一部は理論、第二部は観測の記述に割り当てられている。

著者紹介によると、土居氏は現在東京大学天文学教育研究センター教授、松原氏は名古屋大学素粒子宇宙起源研究機構准教授とあって、天文学は原子核物理学みたいに、理論家、実験家（観測家）とはっきり分離しているのかどうか、私は良くわからないのだが、どちらかと言えば土居氏は観測家、松原氏は理論家のようである。ダークエネルギーはアインシュタインの重力場の方程式で、宇宙が潰れないで静止しているためにと特に彼が付けくわえた宇宙項（斥力）と密接に関係していることが、全編にわたっていろいろ考察されている。

私が一〇年以上前に、一般相対性理論を一度は本格的に理解しようと思い立ち、大学院の学生時代に購入した教科書を精読したことがあった。『一般相対性および重力の理論』（山内恭彦、内山龍雄、中野董夫共著、裳華房、一九六七年）である。そして、先述の最初の自著『自然科学の鑑賞』の最初の節「非ユークリッド幾何学の存立と重力場」で、文章の流れの必要上、読者に雰囲気を知ってもらいたくて、結果としてのアインシュタインの重力場の方程式だけをあげて簡単な説明をした。実際に、テンソル解析から始まってこの方程式に至るまでの過程は大変で、教科書に載っている式を数えて見たらこの式に到達するまでに番号のついているものだけで一六〇個ほどの数式があったのを覚えている。この本でも、ただ一つだけの式として重力場の方程式が載っている。左項の三番目の項が宇宙項である。

$$R^{\mu\nu} - \frac{1}{2}g^{\mu\nu}R - \lambda g^{\mu\nu} = \kappa T^{\mu\nu}$$

アインシュタインの
重力場の方程式（注六）
『自然科学の鑑賞』より

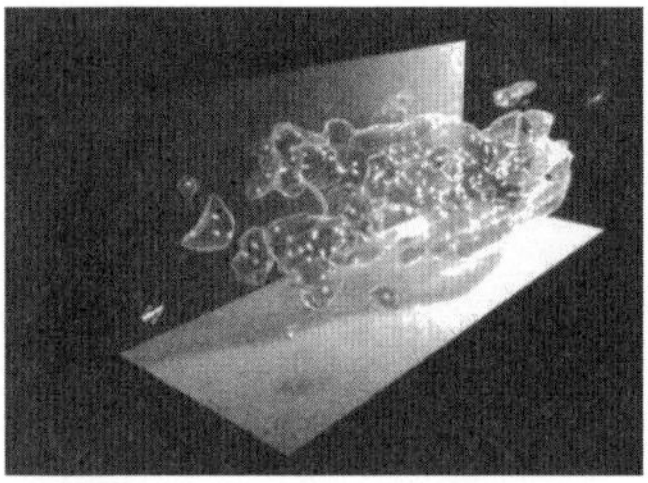

ダークマターの分布
製作者: NASA. ESA. R. Massey(Caltech)

ダークマターについては、今やかなりのアプローチがある。土居・松原著書では現在わかるイメージとしての写真が出ている。図の説明では、重力レンズ効果の分析によって明らかになったダークマターの分布図とある。白く光っているのが銀河であり、半透明の場所がダークマターが多く存在する場所を表している。製作者がどの程度の根拠でこの図を作ったのかは調べていないが、マッセイの教科書に出ており、このような感覚が専門の研究者の間で現在の認識になりつつあるらしい。

これに比べるとダークエネルギーのほうは、少なくとも私は何も理解していないに等しいので、これに関することを書いている本書にある程度期待したのである。

一般解説書なので、まず、第一部「ダークエネルギーの謎と物理学」で、今までの天文学の歴史、ビッグバンの説明、宇宙背景放射の発見などが書かれている。私にとって既にある程度知っているところは流し読みし、新たな知見のところを注意して読んでいった。宇宙背景放射のゆらぎの測定に対してそれがいわゆる「宇宙の晴れ上がり」の前のバリオン・光子流体の状態での「バリオン音響振動」がゆらぎの大きな原因となりゆらぎはこれの痕跡である、と書いてある。

ダークエネルギーはある場所に局在することがなく、宇宙全体にほぼ一様に存在しているとか、重力と反対に宇宙全体に広がってしまうとか、宇宙を加速膨張させる原因、「未知の力」となるものと書かれている。そして、宇宙が加速膨張していることが発見された現在、宇宙項はその一つの可能性であること、それが今まで見つからなかったのは、それがあるにしてもあまりに小さな値であるからであるが、もし、空間が膨張するにつれて増えていくエネルギーがあれば、加速膨張を説明できる、それを全くわからないものとして、その宇宙項をもっと実体的に説明できるもの、それをシカゴ大学のマイケル・ターナーが、一九九八年ダークエネルギーと名づけたというのだ。ここで、著者は、負の圧力を持ち、空間が膨張するにつれて同じように増えていくようなエネルギーとも表現しているが、とても簡単に理解できる気がしない。

著者は、次に宇宙の始まりについては、現在信頼できる理論はありません、と書いている。それには量子論と一般相対性理論が重要な役割を果たすと考えられているが、これは互いに矛盾した考えに基づいていていてこれを統一的に理解できていないというのだ。時間も空間もない「無」の状態から、ある種の「可能性のゆらぎ」として宇宙が偶然にでき、それが現実化したのではないか、五次元以上の時空間を持つ世界があり、その中で我々の宇宙のもとが衝突して宇宙が始まったのではないか、などといった話が唱えられているが、どれも確固とした根拠に基づいたものではありません、とある。ここを読んだ時、私は、なにかホッとした。前者はホーキングの話であり、先述のごとく、私は理解できないことであったし、五次元の話は数年前にこれを主張したアメリカの女性学者がひとしきり話題になったのを覚えているが、私は理解しようとも思わなかった。

多くの研究者が信じているインフレーション理論にしても、まだ確定的でない側面があるらしい。このあと、真空のエネルギーに関する章に至って、そのエネルギーの計算を始めとして、ますます訳がわからなくなっていったので、これはあとにまわすことにする。

第二部「ダークエネルギーの謎と天体観測」は、天体望遠鏡の機能やＣＣＤの話、それによる観測された銀河の説明から始まる。まず私の目にとまった記述は、銀河団は、大きなものでは一万個近くも銀河が集まって形成されていること、Ｘ線を出す高温ガスがたくさん集まっていて、その高温ガスの質量の方が、銀河団の銀河全部を合わせた質量よりも多くなっています、というところであった。既にこのような質量の推測ができるところまで、観測が進んでいる。また、有名なハッブルが宇宙の膨張を発見した赤方偏移のデータが表示されている。

この本では特に宇宙が加速膨張していることを決定づけたＩａ型超新星の観測について詳しい解説が書かれている。（注七）それによると、超新星の型にはＩ型とⅡ型があり、Ｉ型にも三種類あって、Ｉａ型は白色矮星が爆発する現象で、スペクトルラインに他にないシリコンのラインが見えることで区別される。一九九〇年代になると、多くの超新星が見つかり始め、明るさはマイナス一九・三等で、一番遠いものは約九〇億光年であるという。パールムッターの率いたチームはそのスペクトルの観測により赤方偏移を観測しているのだが、それの時間変化をも測定し（測定は爆発が起こってからずっと八〇日の間、その明るさの変化を見ている。赤方偏移が〇・五付近で二〇パーセント程度暗くなっていた）、このことにより、一定の速さで膨張しているのではなく、加速膨張をしていることを発表した。ほぼ同時にオーストラリアのチームも同様の事実を報告したのが一九九八年であった。

これらの観測がどうして可能になったのか、著者は、超新星の出現頻度は銀河五〇〇〇個に一個程度なので、一時間程度に二度の観測で一〇個程度の超新星候補が現れます、と書いている。超新星を見つけるのは、時間をおいた二枚の画像の一方から他方を差し引くとその間に爆発した超新星だけが浮かび上がってくる。そしてＣＣＤカメラ、コンピューターの操作でこのような方法が簡単に実行されるようになってきたということである。

また超新星の分光スペクトルの観測のことも記述されている。いずれにしろ、超新星の爆発なんていうのは滅多に観測できない現象だと思っていた私にとって、この現状は驚きであった。
そして、この加速膨張の原因として、著者は、「一つの簡単な説明が、膨張しても密度が一定の未知のエネルギー、ダークエネルギーということになります。……しかも、物質や放射とは重力の働き方が反対になる異常なエネルギーとなり、宇宙膨張を加速させることができます」と書いている。すなわち斥力を持つということだ。

ダークエネルギーの測定方法には、現在四種類ほどある。一つが上述の超新星爆発を使ったもの、二つ目が宇宙背景放射のゆらぎの測定、三つ目が宇宙の銀河分布を使った測定、四つ目が重力レンズを使ったものだという。それぞれの方法による概略の解説が書かれている。それぞれの方法により、物質の密度とダークエネルギーの密度の割合の推測がパラメーター化されて異なる依存性を持つ。

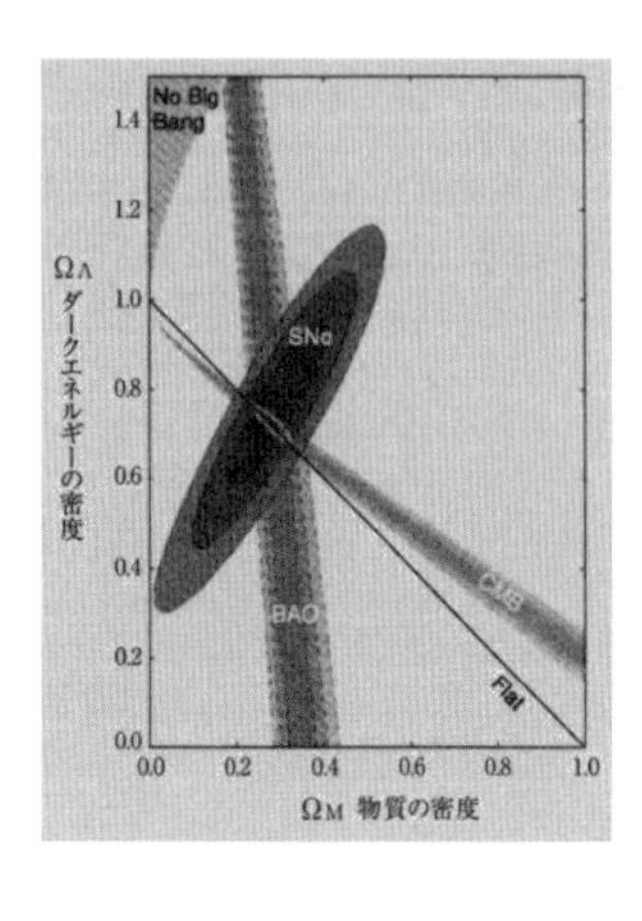

上図において、最初の三つの方法の依存性、宇宙背景放射の方法によるものがCMBで、銀河分布によるものがBAO、超新星爆発の観測によるものがSNeで記されている。これの重ね合わされる領域が、物質の密度約二五パーセント、ダークエネルギーの密度七五パーセントという結果になっている。

重力レンズの測定結果では、まだ全天約四万平方度のうち三五平方度を測った結果に過ぎないがとして、物質密度約四パーセント、ダークマターを含む物質密度約二五パーセントの図が出ている。

私としては、いずれの方法にしても、どういうプロセスで物質、ダークマター、ダークエネルギーの依存性なり測定による推測値が計算されるのか、それが知りたかったのであるが、まあ、それは専門家の複雑な作業によるものとして、このような一般解説書を読む限りでは、今はそれぞれの探索法の方向性と全体的な枠組みを知ったことで満足するべきなのであろう。

最終章で、世界で現在、実に多くの天体望遠鏡があり、それが当面、ダークエネルギーの研究に進むべく、さまざまなる技術的工夫を重ねていることが詳しく述べられている。アメリカのパロマー山天文台のヘール望遠鏡、アパッチポイント天文台のスローンデジタルスカイサーベイ望遠鏡を始めとする地上望遠鏡、ＷＭＡＰ衛星、Planck 衛星のような衛星望遠鏡、赤外線観測衛星の計画などである。日本は、大口径のすばる望遠鏡が世界の第一線で活躍している。しかし、日本がリードしているのはほんの一部であり、今後とも世界の中で激しい競争が続くであろうという。

さて、あと回しにした真空エネルギーについてであるが、真空は量子論では、粒子・反粒子が絶えず発生、消滅を繰り返している意味で、潜在的にエネルギーを持っている、それはエネルギーの最低状態であるというのが私の理解であった。ただし、不確定性原理で、エネルギーと時間は相補的であるから、粒子の位置と運動量が同時に決められないのと同様に、ある時間のエネルギー量というのは、決定されない。

著者によると、真空のエネルギーを素朴に見積もってみると、一立方センチメートルあたり、一〇の一〇七乗ジュールであるという。世界中の発電所が一年間に発電する量の実に一〇の八七乗倍。これほど大きい真空エネルギーが本当に存在するなら、この宇宙の存在を説明できなくなってしまう、このような大きな真空エネルギーはあってはならないという。

一方、量子論的な真空エネルギーの値は正確にわかっていないが、その存在を示す実験的証拠は見つかっているとして「カシミール効果」の説明がなされている（注八）。さらに、著者は量子論的な真空エネルギーは一種類でなく、プラスになるものとマイナスになるものがあり、宇宙ではそれが打ち消し合って現実の非常に小さな有限の値（宇宙項に対応する）であり、ダークエネルギーは素朴な量子論的エネルギーより一二〇桁以上も小さい。これには不自然な微調整を必要とすることになってしまうと述べている。

この後に、人間原理という節がある。これは、このように自然が不思議に我々が生存できる環境に作られている、いろいろな物理学の法則や定数が、一つでも別のものであるとすれば、まず人間は存在できないと思われるという時に「この宇宙は人間を作り出すようなものでなければならない」とする考え方であると説明されている。そして、もし宇宙が一つしかないのであれば、この人間原理の考え方は後付けの詭弁であるが、もし、宇宙が無数にあれば、この考えはあり得るというのである。そこでは、それぞれ違った物理法則や物理定数を持ち、含まれる素粒子の種類も構成も異なり、時空間の次元も異なっているかもしれない。

何だか、哲学的な議論が続くが、著者はこのような人間原理というものは確立したものではなく、他の説明のしようがなくなった時の最後の手段だとも言われています、実験的根拠なしに人間原理を多用するのは、避けるべきで実験や観測による検証が必要です、と言っている。

この本で、現在の天文学の状況は非常に良くわかったし、わからないことが多々あることも感得できたのだが、最後の問題とぴったりあった表題の本があったので、読んでみた。それは、なじみの佐藤勝彦氏の最新作『宇宙は無数にあるのか』（集英社新書、二〇一三年）である。佐藤氏は以前私が愛読した『最新宇宙論と天文学を楽しむ本』以後も『宇宙96％の謎』（角川ソフィア文庫、二〇〇八年）、『宇宙論入門』（岩波新書、二〇〇八年）など一般向きのいろいろの本を出版している。

この本では、最初に、人間の宇宙に対する飽くなき好奇心の表れとして、地球以外の太陽系内に対する探査衛星のことが書かれている。一九六九年のアポロ一一号の月面着陸前後から、多くの無人探査衛星が打ち上げられている。金星に「マリナー」、「ベネラ」、火星に「バイキング」、「キュリオシティ」、特に後者は生命体が地球外にも存在したかどうかが興味の焦点で、このような可能性は木星の衛星エウロパ、土星の衛星タイタンにもあり、前者は二〇二〇年打ち上げ予定、後者は二〇〇四年、土星探査で「カッシーニ」が土星軌道に到着、翌年そこから「ホイヘンス・プローブ」がタイタン表面に着陸、メタンと思われる液体の海や川が存在するらしいことがわかったという。最初にタイタンを撮影した「ボイジャー」は今も長い旅をつづけていて、このままいけば初めて太陽系外に飛び出すことになるらしい。

もっとも太陽系外の恒星で最も近いのはケンタウルス座アルファ星で、地球からは四光年の距離でボイジャーは秒速一七キロメートルなので、到着するには今から七万年以上かかるということである。

一方、地球からの広い波長領域にわたる望遠鏡観測あるいはさまざまなる観測衛星による測定が宇宙の理解を劇的に変えて来た。言うまでもなく佐藤氏はアラン・グース氏とともにインフレーション宇宙の主唱者の一人であるが、その説は一九八九年のＮＡＳＡの宇宙背景放射探査機ＣＯＢＥにより背景放射が一〇万分の一程度のムラがあることを測定したことにより、確証された。このムラ、濃淡が星のタネになったという。この本でもその後の謎として暗黒物質、ダークエネルギーの現状の理解が一通り書かれている。

佐藤氏のインフレーション理論はエネルギーを持つ真空が宇宙初期に「真空の相転移」を起こしたとしてアインシュタイン方程式を解いた結果、真空のエネルギーが斥力として働き急激な宇宙の膨張を引き起こしたということであるという。それは一〇のマイナス三五乗秒という僅かの時間に体積が一〇の四三乗倍に膨張した凄まじいものであった。

そしてインフレーションの後に真空エネルギーが僅かでも残っているかどうかを考えている時に、宇宙のさらなる加速膨張が発見された。六〇億年ほど前に始まった加速膨張は、第二のインフレーションの可能性が出て来た。しかし、それがダークエネルギーであるとは簡単に言えないという。というのは宇宙に残っている真空エネルギーを評価すると、ダークエネルギーより一二四桁も大きいのだそうであり、それが現在、理論物理学における最大のミステリーであると佐藤氏は言っている。彼から見ると、ダークエネルギーが小さ過ぎるのが実に不思議なんだそうである。あまりにうまく微調整されている、という。

私はどうしてそのような解が計算されたのか、全く理解していないので専門家の言を丸飲み込みするしかないのだが、なぜ第一のインフレーション後一旦減速膨張していた宇宙が六〇億年前に加速膨張を始めたのかその理由は全くわかっていません、と著者は述べている。

彼にこの真空エネルギーの相転移というアイデアを与えてくれたスティーヴン・ワインバーグ（注九）

が一九八九年に「宇宙は無数に存在し、それぞれが異なった真空のエネルギー密度を持っている。その中でも、知的生命体が生まれる宇宙のみが認識される。現在の値よりも大きな値を持つ宇宙では天体の形成が進まず、知的生命体も生まれない。認識される宇宙は今観測されている程度の宇宙のみである」

したがって、知的生命体に観測される宇宙が、その知的生命体を生むのに都合よく見えるのは当たり前のことだ、というのだ。知的生命体というのは言うまでもなく我々人類のことである。この宇宙は無数の宇宙の一つに過ぎず、無数の宇宙はそれぞれ異なる物理定数を持っていると考えれば説明はつきます。これを「人間原理」と呼びます、と記述されている。これは、先述の土居・松原著書と同じような話であるが、こんなことを言われても正直、私にはさっぱりわからず、ますます混迷するばかりなのだが、ともかく読み進めて見る。

第三章は「人間に都合よくデザインされた宇宙」である。

まず、イギリスの天文学者マーティン・リースの『宇宙を支配する6つの数』（林一訳、草思社、二〇〇一年）が紹介されている。６つの数とは、クーロン力を重力で割った数N、核融合率 ε、宇宙が平坦になる物質の密度である臨界密度と現実の物質密度の比であるΩ、宇宙項における定数λ、銀河、銀河団のまとまり具合を示す重力エネルギーとポテンシャルエネルギーの比Q、我々の住んでいる次元の数Dである。そしてこれらの数が僅かでも異なっていたら、どうなるかということがかなり詳しく紹介されている。もしそうであったなら現在の宇宙は全く別物となり、我々人間も存在しない、ということ、これらの数は全く我々が生きていくように微調整されているように見えるという。これも前述の土居、松原著書と同じ表現である。

この考えを「人間原理」で説明しようと最初に考え出したのは、アメリカの理論物理学者ロバート・ディッケ（一九一六〜一九九七年）であって、先の宇宙の平坦度Ωに関してそれが一であることから、一九六一年に言い出した。もっとも「人間原理」という言葉を使ったのはブランドン・カーターで一九七三年のことだったという。宇宙の平坦性問題を人間原理に頼ることなく説明したのが、宇宙のインフレーション理論であるとして、それが第四章「インフレーション理論」で解説されている。

ここでは、佐藤氏自身がその理論に至るまでの、学生時代からの研究の推移を記述していて、電磁力と弱い相互作用を統一したワインバーグ・サラムの「真空の相転移」を知って、これを宇宙論に応用できないかと考えたこと、ビッグバンというのは、宇宙の当初からではなくて、真空エネルギーの相転移によるインフレーション急膨張が終わったところで放出された膨大なエネルギーによって宇宙が「火の玉」になったということである、と書かれている。このような急膨張が可能になるのは、空間の体積が二倍になれば、エネルギー密度は半分になる筈で膨張力も弱まるはずなのだが、不思議なことに、真空のエネルギーは体積が増えても逆に増えていくのです、という。どう考えたらいいのか、一応の説明はあるのだが、私にとってはやはり想像力の欠如であろうか、納得できなかった。

このインフレーション理論の形成過程については、佐藤氏は先述の別著『宇宙96％の謎』で第五章「宇宙創生—インフレーション理論にたどり着くまで」で、より詳しく書いている。彼がこのアイデアを思いつき考えを進めている一九七九年に一年余りコペンハーゲンのノルディタ研究所からの招請を受けたこと、自分の考えをケンブリッジ大学やローマ大学の研究会、シシリー島での国際会議などで発表して行く過程、また最初は周囲の人の反応が鈍かったことや、競合したグースの論文のことなども細かに書かれている。インフレーション理論によって、四つの問題が一応の解決を見たという。それは、第一に、宇宙に銀河や銀河団などの空間のムラが存在すること、第二、第三は平坦性問題および地平線問題の両方が原理的には解けたこと、第四は真空エネルギーの特異な性質を導入することによって、宇宙が膨張することが説明された、と述べられている。

私が認識している真空の状態は、現在の最低状態になっているもので、宇宙の始まりの時は、真空はエネルギー密度のはるかに高い状態であったと、考えるべきなのだろう。どうも真空という言葉がわかりづらくするのでむしろ物質の何もない場のエネルギーと言ったらどうなのだろうと考えたりするが、それが、宇宙の温度が下がっていく時に、ある時から一次の相転移を起こし、潜熱（水が氷になる時、過冷却で摂氏マイナス四度で急に氷結が起こるように）を大量に周囲に放出して宇宙を火の玉状態にした。同時に、宇宙は急激な膨張を伴った、ということのようだ。相転移の前に真空エネルギーがあるとして、アインシュタインの重力場の方程式を解くと、指数関数的に非常に急激な膨張をすることが、簡単な計算から出てきます、と書いてある。もっとも私が経験した限りでは、理論家が簡単にと言う時、本当に簡単であったためしはなかったのだが。

彼やアラン・グースがインフレーション宇宙理論を発表した後、ものすごい数の改良モデルが、雨後の筍のごとく生れているそうである。数十はあるでしょうか、というから、理論家の競争も凄まじいものがあるのだろう。実験の場合は、装置の建設から始まってさまざまなる改良、長年の観測や実験データの蓄積が必要なのに比べて、理論は多くの俊才がアイデアを思いついて、頭で考えたことを計算した結果を論文にするので、当たり外れを含めてはるかに多量の論文が発表されるのが普通である。彼自身、モデルの細かな点は不明のままなのです、と書いている。

第五章「マルチバース」で、ディッケとカーターは人間原理を「ユニバース＝一つの宇宙」を前提にしたが、ワインバーグは多数の宇宙を前提にした。現在、宇宙がマルチバースであることを予言する理論や学説はいくつもあるそうだ。第一にはまずインフレーション理論がそうであるという。それは宇宙を無限に作ることができる宇宙の多重発生の理論であるという。そして素粒子の「超弦理論」、「膜宇宙論」、それに関する「カラビ＝ヤウ空間」、また「並行宇宙」の考えも簡単に解説されている。いずれも私にとってはよくわからなかった。

最後の第六章「人間原理をどう考えるか」で、あらためて、人間の宇宙における存在を、考えている。まず、地球と似た環境は宇宙にどれだけありそうか。初めて太陽系以外の惑星が発見されたのは一九九五年で、それから次々に見つかり今はすでに三〇〇〇個に達している。その内五〇個ぐらいは水が液体であって生命体の存在する可能性があるでしょう、という。惑星に知的生命体が発現するには、地球を考えても、単細胞生物から三八億年かかっているので、大変だが、宇宙には、現在一七〇〇億個の銀河があり、その中に一〇〇兆個もの星を含む巨大な銀河もあるので、生命体存在の惑星がどれだけあるか、見当もつきません、と述べられている。

著名な物理学者スティーヴン・ホーキングは「人間原理」の信奉者であるらしい。マルチバースの可能性は否定しようもないが、逆に実証性もない。著者は、多くの他の著者と同様に人間原理には納得していないで「論理を詰めることによって究極の理論に到達するというのが物理学の目的である」と言ったデビッド・グロス（注一〇）の言葉に賛同している。

これらの本を読んでも、私はどうしても溜飲が下がらなかったので、大学の天文学科の図書室で佐藤勝彦氏、放医研の図書室でアラン・グース氏の、インフレーション理論のそれぞれの最初の論文を見つけてコピーを取り読んでみた（注一一）。最初のインフレーション理論の論文だから比較的読めるかとも思ったのだが、やはり先人たちが積み上げて来た多くの数式が書かれ、それからスタートしているので、専門外の元研究者が理解しようとしてもとても困難であって、何を目指しどういうことを論じたかはおおよそわかったが、それだけではどうにもならなかった。多くの参考文献が文中で出てきて、それを一つ一つ勉強して行かないと本当には理解するところまでいかないのだろう。どの学問分野も多かれ少なかれそういったことはあろうが、特に物理学というのは、言葉でなく数式の内包する意味を理解する必要があり、見知らぬ式がいっぱい出てくると、相当の覚悟とエネルギーがないと先に進めない。ただ、その理論が正しいかどうかの判断は別として、この辛抱強い努力をすれば、必ずある程度の理解には達する筈であるとは思う。

それにしても、真空エネルギーの値というものだけでも、理解してみたいと思い、大学の図書館で、大学院の講義をもとにした教科書という松原隆彦著『現代宇宙論』（東大出版会、二〇一〇年）を勉強してみて、漸く計算の道筋がわかった。量子論で、ゼロ点エネルギー（基底状態のエネルギーであるが、すべての波数kの値を含む総体となる）をもとにして、それを波数ベクトルk（注一二）に関してある仮定の範囲で積分すると、真空のエネルギー密度が計算される。そして私も計算してみると、確かに一立方センチメートルあたり一〇の一〇七乗ジュールの値が出てきた。もやもやが晴れたので自分の文章の全体をもう一度読み直すとさまざまの著者の言葉がかなり明らかになってきた。しかし、わかればわかったで実に不思議である。こんなエネルギーがキャンセルされて、実際はずっと小さいのは大きな謎である、と専門家は言うが、そもそも何か考える方向が全く間違っているのではないかという気さえしてくる。

この教科書は、大学院相当といってもかなり専門的でレベルの高い本であると感じた。私としては、今となっては、若い頃のように専門家を目指しているわけではないので、人間の到達している知識の状況をいわば鑑賞することで満足すべきなのだ、ということなのだが、これらの本を読むことによって一応、現状の宇宙理解がどこまで進んでいるかを確認した。暗黒物質、暗黒エネルギー、いずれにしても、まだまだ宇宙については、わからないことだらけである。宇宙の神秘はどこまでも続いている。

注一、　自発的対称性の破れというのは、元来物性物理学で考えられた概念で、理論が対称性を持っていても現実にはこの対称性が破られていることを言う。例えば、電磁気学は空間対称性を持っているが、磁石が一方向に磁化されるのはこの対称性が破られていることになる。

しかし、この、物質が質量を持つに至る過程を説明する、本来、仮説であるヒッグス機構というものは、実は難解であり、私は表面的なフォローはある程度できても、その必然性となると、十分にわかっている感じがしない。特に他の場合でも同様なのだが、論文ではいつも「次のようなラグランジアンを考える」と書かれる。それから次から次へと式が展開される。そして、あるところで、これがヒッグス場であり、スカラー粒子をヒッグス粒子と言う、となる。たぶん、理論家は、頭の方は逆の思考で、そのような場を導出させるために、最初のラグランジアンを作るのであろう。

ヒッグス機構の場合、このラグランジアンはテンソルの微分や積を含む数項の和となっていて、非常に複雑な形をしている。四つの成分を持つとされ、このうち三つが、式の展開とともに弱い相互作用を媒介するゲージ粒子W＋とW－のボソン、およびZボソンとして吸収され、おのおのが質量を得て、残りの一つがヒッグス粒子であるとなるようだ。

注二、超対称性粒子は、ボソンに対するフェルミオンはイーノという名前がつけられている。例えば、光子（フォトン）に対して、フォティーノ、ヒッグス粒子に対してヒグシーノという。フェルミオンに対するボソンは、スカラをつけることになっている。スカラ電子、スカラ・ニュートリノという具合である。電気的に中性なフェルミオンはニュートラリーノと総称され、暗黒物質の候補となっているとのことである。

注三、ヨハネス・ケプラーは、師匠のティコ・ブラーエの観測結果を分析して、三つの法則にまとめた。第三法則は、太陽系において、各惑星の公転周期の二乗は、太陽からの平均距離の三乗に比例するということであり、これをニュートンは万有引力の法則で説明した。

注四、アメリカのＮＡＳＡによる一九八九年のＣＯＢＥ（Cosmic Background Explorer）、二〇〇一年のＷＭＡＰ（Wilkinson Microwave Anisotropy Probe）に続いて、二〇〇九年、ヨーロッパ宇宙機関ＥＳＡが初めて打ち上げた宇宙背景放射を精密に観測するための人工衛星Planck（これは量子力学の創立者の名）による結果であり、二〇一三年三月に発表が行われた。

注五、 重力レンズによる研究については、日本物理学会誌、二〇一〇年六月号で「超巨大重力レンズ銀河団から探る宇宙の暗黒物質」（大栗真宗氏）が理論的内容の解説を行っている。実際に銀河団Ａ一六八九についての重力レンズで得られた観測画像から、銀河団の動径密度分布の計算を行った結果について議論がなされている。これらの解析に適したサンプルは加速度的に増えているとのことである。

注六、 これは、計量テンソル g に関する連立二階非線形偏微分方程式である。左辺の第一項と第二項が時空の構造を、右辺が物質の状態を示す項である。宇宙の等方性を仮定すると、計量テンソルは長さを変数とする方程式になる。これを元にして、静的宇宙の解であるアインシュタインの宇宙およびド・シッターの宇宙という解が得られ、動的宇宙としてフリードマン方程式が出てくる。これは膨張、収縮双方の解を持つが、ハッブルの赤方変移の観測により宇宙は膨張していることがわかった。

注七、 遠方の超新星爆発の観測を行ってこの発見を一九九八年にほぼ同時に発表した二つのチームのリーダー、アメリカのローレンスバークレー研究所のサウル・パールムッター、オーストラリア国立大学天文台のブライアン・シュミット、アメリカのジョン・ホプキンス大学のアダム・リースの三人が、二〇一一年、ノーベル物理学賞を受賞した。

注八、　一九四八年に予測され、実験で一九九七年に確かめられた。二枚の金属板を平行に配置する。この間の量子論的な空間の状態が変化して、距離が小さいほど単位体積あたりの真空エネルギーが小さくなる。この間に引力が働き、これを引き離そうとすると、真空エネルギーに余分にエネルギーを注入する必要がある（土居・松原著書による）。　外側は無限に広がる空間なので内側の狭い空間より真空のゆらぎが大きく、したがって真空のエネルギーも大きい。内側はゆらぎの波長が制約されるためエネルギー密度が下がり、そのため外側から押されて二枚の金属板が近づく（佐藤著書による）。

注九、　素粒子物理学で、電磁力と弱い相互作用が高エネルギーの極限で統一されることを示した理論でアブドゥス・サラム、シェルドン・グラショウとともに一九七九年ノーベル物理学賞を受賞した。

注一〇、アメリカの物理学者で、二〇〇四年、素粒子物理学における「強い力の漸近的自由性」を発見した仕事でノーベル物理学賞を受賞した。

注一一、Katsuhiko Sato, "First-order phase transition of a vacuum and the expansion of the Universe", Monthly Notices of Royal Astronomical Society, 195, 467 (1981).
Alan H. Guth, "Inflationary universe: A possible solution to the horizon and flatness problems", Physical Review D23, 347 (1981).

注一二、波数は、単位長さあたりの波の数。波長の逆数である。単位時間あたりに振動する数は振動数であり、振動数を波数で除すると振動の進む速度になる。別の言い方では、ここではあらゆる振動数に関して積分したことになる。

第二章　社会論

ノーベル賞と世界の格差

二〇一四年のノーベル物理学賞は、青色ダイオードの発明で日本の三人が受賞した。赤崎勇、天野浩、中村修二の三氏である。窒化ガリウムによる青色ダイオードの発明で、赤、緑、青の光の三原色が揃い、太陽光の明かりである白が可能になり、さまざまの色合いが可能になったのは、実に大きな発明で、科学および技術でも日本は先進国であることを示して非常にめでたいことであった。特に今回の受賞では、基礎から応用、社会的実現までの貢献者に贈られたということが目を惹く。従来、ノーベル賞は発見、発明の人には贈られても、それを発展させた工学者は全く対象外であった（注一）。中村氏が言っていたが、自分としては応用的仕事であったからノーベル賞などは予想したこともなかったというのは事実であろう。今までエンジニアリングの仕事で受賞した人はほとんどいなかったと言っていい。

かつて日本は欧米の発見、発明を利用し、それの改良、改善で経済大国になったと、「日本のタダ乗り」論で非難されたことも多かったが、今回の出来事は最初から最後まで日本の研究者がやりきったということで、また別の意味で素晴らしいことだったと思う。

一方、二〇一四年のノーベル平和賞は、インドの六〇歳で長年、児童の労働に対する人権運動に尽くした功績でのカイラシュ・サティヤルティさんと、パキスタンの一七歳、史上最年少の少女マララ・ユスフザイさんに与えられた。授賞式において、特にマララさんの女性の教育の権利を声高く述べたスピーチは感動的であった。「私は学校に行けない六六〇〇万人の女の子のために言いたいのです。一人の子供、一人の先生、一本のペン、一冊の本が世界を変えるのです」と。

二〇一二年に狂信的なタリバーン・イスラム教徒に頭部と頸部を銃撃もされ一時は意識もなくなったという事件にもめげず、自らの信念を貫き通そうとする彼女は、とても少女とは思えない勇気を示していて、アジアでこんな女性が出てきていることに驚嘆する。

パキスタンの教育の状況を識者に言わせると、パキスタンの学校の多くが男子校で女子校は少数である。これには、いくつかの理由があって、貧困は無論だが、イスラム教では女性に教育は必要ないという考えが大きい。これはそう考えている親が大部分であるということでなかなか事態を変えられない。特に女子教育を敵視するイスラム原理主義の暴力に怯えるという心理も大きいという。インタビューで、自分は将来パキスタンの首相になって自分の希望を実現したいと述べたのは、現代のジャンヌ・ダルクを思わせた。そうなるのは簡単ではないだろうけれど、ともかくそのような理想に向かって進む彼女は素晴らしい。マララさんは生命の危険があるので、現在はイギリスに在住しているそうである。将来テロで殺されないことを切に望みたいと思う。

それにひきかえ、日本の若者の意識はどうだろうか。二〇一四年一二月に行われた総選挙での投票率は、どうだったか。今回は一強多弱、内閣の信任投票といった感じだったが、全体でも史上最低の投票率五二%という特別な状況でもあった。サンプリング調査であるが、六〇歳代後半の投票率が一番高く七七%、私と同じ七〇歳代前半が七六・五%であった。それに比べ、日本の若者の投票率は異常に低く、二〇歳代で三五%、三〇歳代で四〇%である。投票率の推移のデータを調べてみると、我々が大学の学生時代、二〇歳代の投票率は、他の年代に比べると同じように最も低いが、それでも六〇%内外であった。あの頃は国民全体を巻き込んだ一九六〇年日米安保改定反対運動の余波もあり、政治の季節ではあった。それから投票率は暫減し、今日に至っている。これは、若者が政治にもはや何も期待していないとか、若者に夢がないとか、いろいろな分析が可能であろうが、豊かな社会でさほどの改革はもう考える気がせず、彼らが日常において享楽的である面が一番強いのではないかと思う。

社会が遅れている国では、まだまだ改革していかなければならないことがたくさんあり、それを鋭く見つめる若者の活躍する政治的あるいは社会的場が存在するのに比べ、社会の制度が進んでいる国では、経験豊富な年長者のがっちりした体制ができており、若者の能力を発揮する場と言えば、スポーツや芸能界が代表的で、それ以外は若くから社会的に特に目立つという世界はない、というのが現実である。二〇歳代、三〇歳代の若者が天下を動かした幕末維新の時代は遠く去り、今や日本は落ち着いた法治国家となり、実力をつけ実績で有名になるには、長い努力が必要とされるというのはきわめてあたりまえのことになっている。

だから日本は若い人たちの活躍はスポーツ界で目立ち、二〇一三年~二〇一四年に女子スキージャンプの一七歳の小柄な高梨沙羅ちゃんが札幌のワールドカップでシーズン一〇勝目（年間の新記録）で、通算一九回（男子記録はグレゴア・シュリーレンツァウアーの一三勝）の圧倒的記録で歴代一位となった。惜しくも冬季五輪では、四位となったが、実績では世界で断トツであった。三月、シーズン一一勝目をあげ、二シーズン連続の総合優勝が決定。日本人の連覇はノルディック複合・ワールドカップで三連覇した荻原健司に次いで二人目。その後も三月の最終戦、スロベニアまで勝ち続け、史上初の七連勝とシーズン全戦での表彰台獲得を達成。女子ジャンプ通算勝利数記録は二四勝に、シーズン勝利数記録も一五勝まで更新してシーズンを終えた。こんな少女が出て来たのは実に驚きである。

二〇一三年度、フィギュアスケートの羽生結弦選手はグランプリファイナル、世界選手権、冬季オリンピックと三つの大会で優勝し、三冠を達成した。二〇一四年一二月には、二〇歳でグランプリファイナル二連覇、浅田真央をはじめ、日本は男女ともにフィギュアスケートのメッカともなっている。フィギュアスケートの練習は早朝にリンクを借り切るなど、凄く費用がかかるとのことである。これらはいずれも幼い時から、恵まれた環境、裕福な家庭で育った少年少女の象徴とも思われる。

日本は世界で経済大国であり、長寿国である。安全性という点でも有数の国である。その意味で、日本は非常に恵まれた国と言える。

その一方で、政治的に英雄志向、一発狙いで名をあげたいという若者もいる。二〇一四年冬から翌年にかけてシリアでＩＳ（イスラム国）の人質になった日本人、一人は民間軍事会社を作ったというとんでもない男だったが、男の本能は闘争という面が強く、戦争をしたいという若者はいつでも居る。日本は成熟していて、政治的に若者がすぐに英雄になれる時代ではないので、かつてのチェ・ゲバラのように外国の紛争国に行って活動を目指したのであろう。

一緒のジャーナリストもそれを救出しようとしてシリアに入国した。人道的にひどい国はまだまだあり、そういう世界を救おうとか、その実態を報道しようというのは、それなりに理解できる。「世界の悲劇を知りながら多くの人は、自分は安全地帯に居て、いろいろ批判をするだけだ」といったものだろうが、入国する前に「危険ではあるけれど、何が起こっても責任はすべて私にあります」と話している動画がニュースに出たが、結果、彼も捕えられて殺された。その間数週間にわたり人質交換を巡って日本は政府を始め大変な騒動だった。そういうことでは責任を一人で背負えるものではない。

ジャーナリストが殺されて、マスコミは彼のヒューマニスティックな勇気を讃え哀悼する論評一色であった。死者を鞭打つことはすべきでないという良識が支配したのだろうが、彼が生きて帰って来たならば、警告を無視した無謀さに対し、前と同じように非難の声で大変になっただろうという気がする。それがマスコミの体質である。日本人は慎重に行動すべきであろう。

すぐ後に二〇〇六年ヨルダンで自爆テロ事件の実行犯の一人だったアルカイダ系のイラク人死刑囚の女性も処刑された。ヨルダン政府も、これ以上、人質交換という話に対応するのはやりきれないし、ＩＳに捕縛されたと思われていたパイロットが既に殺されていたことに対する国民の反発を鎮める必要があると思ったのであろう。

その大義が何であれ、大義のために命を懸ける青年の夢をゆするというのは、古今東西の変わらぬ現象である。日本は直接中東諸国とは深く接触していないのであるが、冒険を求める若者はどこでもいるのだろう。

ＩＳは現代におけるナチスに匹敵する悪辣な集団と思う。女性の奴隷化とか、いろいろな厳罰主義で簡単に人を処刑してしまう。ＩＳが西洋文明を否認するためにサッカーを見物していた少年を一〇人以上も見せしめのために公開処刑したなどということが本当ならば、聖戦を標榜しているとは言え単なる非情なテロ集団に他ならない。

一種のカルト集団に近いと思うが、気の毒なのは、普通のイスラム教徒である。イスラム教も宗教であるから一般に決して殺戮を是とするものではなかろう。ただ、教祖のムハンマドは軍人であったこと、また多数の妻を持った点が他の宗教とは異なっている。

自爆テロというのは、最初スリランカで始まったそうだが、多く二〇世紀末に中東で起こり、一九八三年、ベイルートのアメリカ大使館にトラックが突っ込んだのが中東での始まりらしい。すべてはイスラエルの戦後の建国、パレスチナ問題から発生している。当時、ベイルートでのパレスチナ人難民キャンプでは、イスラエルによるパレスチナ人の虐殺が日常茶飯事だったという。それに対するどうしようもない反撃が自爆テロだったのだ。

イスラム系過激派はロンドン、パリその他の西欧大都市でも自爆テロを起こして来た。特に二〇〇一年、ニューヨークでの九・一一事件以後、世界各地でもう一〇〇〇件以上起こっているという。このような手段は、非情かつ悲惨なものであるが、彼らがここまでの心情に追い詰められた歴史の一端を述べた本『テロリストがアメリカを憎む理由』（芝生瑞和著、毎日新聞社、二〇〇一年）を読むと、それまでの先進国、アメリカが（イギリスに代って）、いかに中東において石油の利権のために、腐敗したサウジアラビアなどの王室を支え、パレスチナ側に立つアラブ人に対するイスラエルの理不尽な謀略と凄惨な殺戮の行動の繰り返しを武器の供与によってうしろから支援してきたかが描かれている。こういう事実を見れば反アメリカの「テロリスト」は彼らから言えば「自由の戦士」なのだという。

著者は中東での長年の取材経験のあるジャーナリストであり、一九七四年から、特にレバノンの首都ベイルートでのイスラエルの空爆を身近に経験しているが（この時代はＰＬＯのアラファトは本拠をレバノンに置いていた）、この本は、アメリカの本土における初めての外国からの攻撃、九・一一の一ヶ月後に出版されている。著者はこの時たまたまマンハッタン島にいたので、その時の状況が迫力をもって書かれている。

日本で自爆テロを志す若者なんてちょっと考えられない。中東のイスラム教の世界での聖戦という意識は、基本的に無宗教である日本人などとは全く異なっている。日本での第二次世界大戦の神風特攻隊の一時的な精神状態は、大義のために自らの命も顧みないという点では似たようなものだったと思うが、歴史的に宗教戦争というものは日本ではほとんどない。

かつて戦乱にあけくれたイラクの子供たちを救おうとイラクで活動し、他の二人の男性とともに捕えられて、それを救出すべく、日本中に大騒ぎを起こした女性もいた。この時の拘束はイスラム教穏健派の聖職者の斡旋で短時日で解放されたのだが、平和ボケの若者という批判が大きかった。しかし、彼女はその後も活動を続けているという。

フランスの諷刺雑誌『シャルリー・エブド』を発行した会社の襲撃、チュニスでの博物館襲撃のテロ、リビアでのエジプト人へのテロ、ナイジェリアのボコ・ハラム（スンニ派）という集団は一一〇名の女子生徒を拉致したという。場合によって、まだ深くものごとを考えられない少年少女を洗脳し、彼らに自爆テロを強要するなどと聞くと、大人のずるさが目に見えて実にやりきれない思いになる。

どこまで正しいのか真偽はわからないが、相次ぐ人質殺人のＩＳへ八〇の国から一万五〇〇〇名の若者が参加しているというニュースも流れた。チュニジアからが最も多く三〇〇〇人と言われるが、オーストラリアなど一見イスラム教とは無縁の国からも一二〇人くらい参加しているとその国の首相が言っていた。

すべてブッシュのアフガニスタン、イラクへの報復から始まったタリバーンやアルカイダの抵抗がもとであり、その底に格差に対する根強いイスラム諸国民の不満があると、アメリカをひたすら批判する評論家もいるが、日本人は直接関係することではないだけに、彼らは職業柄言うだけで世界的にはほとんど説得性のある立場ではなかろう。

日本では、一般的な若者の不安は、非正規雇用がいつまで続くのかとか、将来の年金は無くなるかもしれない、とかと言う程度であるが、世界に目を向けると、このように多くの後進国でははるかにひどい生死も定まらぬ状態が現実である。

アムネスティ・インターナショナル（世界的な人権擁護運動の団体）の活動を見ると、世界ではまだまだ人権が損なわれている国がたくさんあることに気付く。中国もそうだが、中東、アフリカなどが特にひどい。

また、宗教界では、教義によるということだが、先進国でもカトリックでは女性の聖職者が認められないとか、まだまだ形式上においても男女差別が行われている。

さるテレビ番組で、アイスランドでは殺人や傷害事件が一年に一件あるかないかであるといい、警官は拳銃を普段は身につけてない平和国家だといっていた。日本でも平常時は警官は警棒だけだと思うが、犯人追跡時は拳銃を持つであろう。アイスランドは面積は日本の四国くらい。人口は三〇万人足らずである。

一方、バングラディシュはガンジス川の河口デルタ地帯の国で、面積は日本の四〇パーセント弱、人口一億五二〇〇万人余、女性の合計特殊出生率が七・八に達した時もあり（現在は政府の指導で二・一ぐらいまで減少）、シンガポールやバチカン、モナコのような都市国家を除くと世界で最過密国家であり、失業率約四〇パーセント、最貧国の一つである。日本は平成二六年で合計特殊出生率は一・四三、それでも出生の人数は過去最低の約一〇〇万人であるから事情は全く異なる。私の勤めていた放射線医学総合研究所でもＪＩＣＡ（国際協力機構）の研修は毎年あり、研修者十数人の中には必ずバングラデイシュの若い人が含まれていた（研修者はアジア中心であるが、東欧からの参加者も数人いた）。

ＧＤＰ世界三位の日本では、最近は親子の間の殺人事件、子供たちの間のいじめによる殺人事件という救いようのない気持ちに襲われる陰惨な事件があるが、個別的であって人数はずっと少ない。

各国や地域がどれくらい平和かを相対的に数値化している世界平和度指数というのが、イギリスのエコノミスト紙で出ているそうで、詳しいことは調べてないが、それによると日本は第八位である（注二）。

このように、世界を見渡すと、格差は非常に大きい。多くの問題についてまだまだ解決の日は遠いというのが実態であろう。

注一、　日本人では、不斉触媒合成の野依良治氏、ソフトレーザーによる質量分析の田中耕一氏は工学部出身であるが、研究内容としての実質では、新規の発見ないし発明であった。

注二、　二〇一四年では、一位がアイスランド、以下、ベストテン内はデンマーク、オーストリア、ニュージーランド、スイス、フィンランド、カナダ、日本、ベルギー、ノルウェーとなっている。ドイツが一七位、イギリスは四七位、フランスは四八位、アメリカは一〇一位である。ロシアは一五二位であった。

法治国家と国際間協議

私が大学生であった一九六〇年代、最高裁の長官であった田中耕太郎氏がオランダのハーグにある国際司法裁判所の判事になったことがあって、なんとなく国際法などというものがあることを知り、国連大使というものも、戦後まもなくの頃は加瀬俊一、岡崎勝男氏などが、存在感を示していた。しかし、それ以後の大使はどんな仕事をしたのかほとんど知らないし、名前も覚えていない。現在は、皇太子妃の父である小和田恆氏が国際司法裁判所の判事となっている。

その役割は何かというと、国家間の法律的紛争、即ち国際紛争を裁判によって解決、または、法律的問題に意見を与えることとある。第二次世界大戦終了後、国際連合の創立とともに発足しているのだが、実際にどんな判例が出ているかを調べて見ると、大部分が二国間の小さな領域における帰属を巡る判決である。ベルギーとオランダ、エルサルバドルとホンジュラス、バーレーンとカタール等々の小さな地域を巡る争いで、一度、イギリスとフランス間の同種の問題があったようだが、それも英仏海峡の非常に小さな諸島の帰属問題だった。判決の結果は一応尊重されているようである。日本と関係する主題は、長年の南極海の捕鯨を巡る問題が唯一の係争であり、これは、結果として、二〇一四年三月に日本が敗訴している。

しかし、現在、この組織が、世界の政治の巨大な流れにおいて、なにか本質的に有効性を示しているということは、ほとんど誰も考えてはいないのではないかと感じる。これは私の知識の無さもさることながら、世界のさまざまなる国際間における大きな紛争にたいして、例えば、ベトナム紛争、冷戦時におけるソ連の東欧諸国への軍事的弾圧、イラク戦争、アルカイダを始めとするイスラム諸国の流血の連続などにこの国際法というのが何か影響や規範を与えていたのかと考えると、そんなことは全く及びもつかなかったというのが現実であろう。当事者にとっては、先の領土帰属の帰趨は重大だが、全体の国際政治の中では、実に瑣末なことばかりであり、実際の大きな政治の前には何の影響力もないのではないかと思う。考えて見れば、日本の司法というものも、政治に対しては後追いの連続で、国会議員の定数是正などがその最たるものだが、シニカルに言えば、実効的な影響を持たないのが、三権分立の由縁でもある。

国際間の条約というものも、その時は一見結構なものと思われても、いざとなればそれは利害によって簡単に破られてきたのが歴史における事例である。ドイツナチスは、一九三九年、ソ連と不可侵条約を結んだ上で一週間後にはポーランド電撃作戦でヨーロッパの大戦が開始された。この場合条約というのはまったく便宜的に利用されたと言っても間違っていない。第二次世界大戦において、一九四一年に締結された日ソの相互不可侵を記した日ソ中立条約は、末期になってあっという間に破られ、ソ連は北方四島をかすめ取った。友好条約、平和条約という風に段階を踏むようだが、それはガラスのようにもろいものである。

千島、竹島、尖閣諸島など、歴史的に日本固有の領土というような主張が行われるが、アメリカは原住民を殺戮、彼らを狭い地域に押し込めた占領国家であり、スペインやポルトガルの中南米進出は、欺瞞と略奪による先住民族の征服で多くの国家が設立された。領土に対する固有という考えは、国が戦いで領土を奪い取り国土を拡張したり、負けて領土が大きく減ってしまったなどという長い争闘にあけくれた歴史を考えると、本当は無意味にも思える。

しかし、そんなことを考えても、実際、イスラエルはユダヤ人国家をアメリカなどの支援で、三〇〇〇年前の歴史から掘り起こして（注一）国家を樹立し、パレスチナ人を追い出し、中東に永遠とも言える火薬庫を作りだしてしまったのである。

フォークランド諸島は、アルゼンチンの南部沖合にある島である。現在の人口三〇〇〇人、南米南端のホーン岬周りの太西洋―大平洋航路の重要な補給基地として使用されているという。

一九八二年にアルゼンチンとイギリスが領有権を争い、約九〇日間の戦闘を経て、イギリスが勝利した。調べて見ると、もともとは、一六世紀にイギリスの探検家が発見したもので、その後、フランス、スペインなどの介入もあり、いろいろな変遷があったが、一九世紀前半からはイギリスが一応統治していたようだ。その間にアルゼンチンからの領有権主張もあった。フォークランド紛争は、アルゼンチンが領有を目指して、民間人を上陸させたことから発している。しかし、結局は武力の争いの結果となった（注二）。

現在クリミア半島は住民の選択でロシアに編入すると、プーチン大統領は一方的に宣言した。一方、イギリスでのスコットランド独立運動は、住民投票の結果、僅差で現状維持が決まった。これらは、そこに住む住民の投票という行為による選択なので、民主主義の観点からは合理的と言えるし、政治の進歩とも考えられる。もっとも公正な選挙が行われているか、という点では、問題のあるものもある。

中国の汚職は一年間に五万五〇〇〇件あったと全人代で発表された。共産主義国家の当然の成り行きであり、この点、戦後まもなくの慶應大学の小泉信三氏がその著『共産主義批判の常識』（新潮社、昭和二四年）で「社会主義国家では、賄賂請託がほとんど不可避的に行われるであろう」と書いているが、戦後の革新勢力の伸長の最中に、論壇、大学人の多くが左翼シンパであって、彼らの冷笑、批判のもとで書かれたことを考えると、その冷静な指摘の的確さと勇気にいまさらながらに感心する。

ロシアのアネクドート（小話）にこういうのがあるそうである。かつての一党独裁の時代に社会主義から理想の共産主義に進むのが、歴史の必然というのが教えであったのだが、

「共産主義の時代にも盗みはあるのでしょうか」

「ないでしょう。社会主義時代にすでにぜんぶ盗まれてしまっていますから」（注三）

こういう皮肉が庶民の間でなされたりしていたようだ。

石川五右衛門は「浜の真砂は尽きるとも世に盗人の種は尽きまじ」との辞世の句を残したと伝えられるが、いつの世になっても新手の犯罪が発明されるので、今も情報社会の中で、いくらでも次々と斬新な手口が感心するほどに出て来る。汚職も非常に手の込んだものがあるようである。彼らにとっては、金が欲しいというのが動機であろうが、その行為は社会の秩序の裏をかく知的ゲームであり、愉快なことで挑戦的気分でもあるのだろう。

こういうのを取り締まるために、法学者はまた知恵をしぼるというわけだから、いつまでたっても追いかけっことなるわけで、病気と薬の際限のない戦いと似ている。法治国家というものも面倒なおわりのないシステムではある。性善説というのは、希望に過ぎず、性悪説というのはありがたくない事実である。

法律というのは、見方によれば、常識の延長上にあるもので、それを規範化しようとするもので、社

会の秩序化のためには、必要不可欠な重要なものではあるが、別に文明の発展上、それほど創造的なものではなく、私にとっては意義は十分認めるのだが、知的に価値の高い活動とはおよそ考えられない。ただ、いろいろな場合があるので、ある程度分析的で緻密な思考を要するものではある。現在の法学的活動というのは非常に技術的なものとなっているに違いない。

本来、現実にそぐわない記述になっている憲法を改正したい、しかし国民投票で改正する見込みは現時点でないので、解釈の変更で対応したいという自民党の案に、今の憲法こそ平和の砦とする護憲の立場からもこれは憲法違反である、という法律を専門とする学者の談話が一時期メディアを賑わしていた。一方、政府の案は憲法違反ではないという法学者もいて、両者が対立しているように見えた。何だか、上っ面の議論をしているなあという気もしてくる。まあ、細かく議論すれば、分析は可能であるが、あまり深く考察する気もしない。要は、何を目的とするかである。

国際間において、経済問題、環境問題などでは、多国間の協議が行われるが、先進国と発展途上国では、利害が反していることが多い。折角の多人数の会議で、双方の主張が対立して結論が出ないとなっても、何とか少しでも有意義であったとする会議の形をとるために最後は共同声明を作ったりするが、文面はどうともとれる曖昧な文言となる。双方が自分たちの都合のいいように解釈する余地を残したものになるのだから、何も決まったことにはならない精神的な文章になったりする。

だから、マスコミでは、これを論ずる安手の評論家が跋扈している。こういうことは一見誰でも口をはさみたくなる問題でもあり、かつて、大宅壮一はテレビに対し「一億総白痴化」という言葉を吐いた。しかし、国民に対する情報提供、教育という面では、一半の役割は果たしている。御苦労なことである。

ある種の人々は、公共の秩序と安寧のために、裁判官になったり、検事になったりする。社会の正義、人権を守るために、弁護士などになり、最近は弁護士出身の政治家も多い。また別の人たちにとっては、国家を運営するために、あるいは枢要な地位に昇って権力を握るために、法律をよく知っていることは必須であろうから、いつの世にも法学部にたくさんの人が殺到するのだろう。

注一、　私はイスラエル、パレスチナ問題は、よくわかっていなかったので、雑多な知識を思い出しながら調べて見た歴史は次のようなものである。

エジプトの奴隷となっていたヘブライ人が、紀元前一二五〇年のモーゼによる出エジプトの後をうけて、ダビデ、ソロモンが王として支配するユダヤ王国を樹立したのは紀元前一一世紀である。その後、アレキサンダーに征服され、ローマの支配下に入り、十字軍の時代にエルサレム王国が成立した。しかし、その後はイスラム系の数々の王朝に攻撃され、王国は一三世紀に滅亡し、ユダヤ人は各地に離散していく状態となった。その後は当地は一九世紀までオスマントルコに長らく支配されていた。

この一九世紀の半ばごろから、反ユダヤ主義に抗してユダヤ人の国家を建設すべきであるというシオニズム運動が起こり、世紀末のフランスにおけるドレフュース事件はその機運の一つとなった。一九世紀の後半には東欧各国からそれぞれ数万人の規模でユダヤ人の移住者が増加してきた。シオニスト会議なるものも開催され始めている。

第一次世界大戦後はパレスチナはイギリスの委任統治領となっている。この間、パレスチナでは、アラブ人とユダヤ人の抗争が絶えなかった。一つには東エルサレムは、メッカ、メディナに続くイスラム教の第三の聖地（岩のドームが、かつてのユダヤ教のエルサレム神殿の中にあり、七世紀にイスラム教カリフによって建設された）とされているからでもある。トルコに対するアラブ人の反抗を指揮したイギリス人、（アラビアの）ローレンスが活躍した。

第二次世界大戦では、ナチスの迫害をうけ、ユダヤ人はホロコーストで六〇〇万人が殺され、多くのユダヤ人がアメリカに移住した。その後、一九四八年に国際連合で、パレスチナ、イスラエルの分割国家案が勧告され、イスラエルは独立宣言を行った。その直後に第一次中東戦争が起こってイスラエルは圧倒的な戦力でアラブ軍を撃退した。そして一九五六年のナセルの時代の第二次中東戦争、一九六七年の第三次、オイルショックのあった一九七三年の第四次、と常に西欧の兵器、ファントム爆撃機、クラスター爆弾などを使用したイスラエルが勝利していく。一九九三年には「パレスチナ暫定自治協定」が、イスラエルのラビン首相とＰＬＯのアラファト議長との間で結ばれるも（オスロ合意）、一九九五年、ラビン首相はテルアビブの集会で狂信的ユダヤ人によって暗殺されてしまう。以後は、二〇〇〇年のイスラエルのシャロン首相の岩のドーム訪問をきっかけとして、パレスチナの過激派政党ハマースによるテロやロケット弾砲撃、イスラエルの空爆などが繰り返され、ずっと反目が続いていて、特にガザ地区は住民も窮乏し、犠牲者も多く、しばしば一触即発の危機にもなっている。

注二、　アルゼンチン政府は国内事情の不安定から、民衆の不満をそらす意味もあったようだ。時のサッチャー首相は、民族自決の方針を主張していたようだが、アルゼンチンの動きから、戦争によるしかないと判断したようで、彼女はこの勝利によって、政治的基盤を堅固にしたと言われている。

最近の中国の南シナ海の南沙諸島を中国領土とする主張、それによって岩礁上に次々と建設しつつある飛行場の問題は、大きな国際紛争になっている。南シナ海は日本においても中東からの石油輸入タンカーその他の重要な航路である。ここの約二〇余の諸島は、フィリピン、ベトナム、台湾、中国マレーシアが今のところ、それぞれ実効支配をしているが、中国は南シナ海の大部分を中国の支配する領海と主張している。調べてみるとベトナムに近い西沙諸島は一九七四年に中国が武力で当時の南ベトナムから奪っていてその後航空基地を建設し、南沙諸島への戦略基点とした。南沙諸島に対する進出をフィリピンは国際司法裁判所に訴え、二〇一五年一〇月、仲裁裁判所は仲裁手続きに入ったが、中国は裁判所に管轄権はないとして、仲裁手続きを認めてないという。世界から孤立している中国はもともとの体質である覇権主義もあり、国連などから何を言われても今後無視する可能性が甚だ高い。アメリカは、監視体制を強め非難もしているが、今のところそこまでである。

注三、ロシアのアネクドートは、一八世紀、ピョートル大帝の頃に遡り、当時フランスから入ったコントの文化から影響され、珍しい出来事や歴史上の人物について口頭で話す短い物語を意味した。その話題は政治、宗教、日常生活などあらゆる分野に及ぶが、時代に抑圧されつづけたロシアの民衆の、社会に対する諷刺と批判で、軽い笑いとユーモアに溢れた小話が多い。

例えば、「社会主義とはなにか?」「それは資本主義にいたるもっとも長い道程（みちのり）である」などが有名であり、これは一九八七年の作とある。参考、『ロシアのユーモア　政治と生活を笑った三〇〇年』（川崎浹著、講談社選書メチエ、一九九九年）

地元とのかかわり

現在、地方の過疎化現象が問題になって、都会との生活の差が非常に加速化している。これは、今さらなのだが、政府でも地方創生の国務大臣をおいて、何とか地方の活性化を促したいと躍起になっている。これは、田中角栄内閣の時の列島改造論以来の問題である。彼は出身地、新潟を始めとする裏日本の生活を、中央につなげようと、新幹線の整備を進めて、それはそれなりに成功し、随分、反対もされ議論もあったことで長い間かかったが、現在では、裏日本ばかりでなく、北海道から九州まで新幹線の建設が随分進んでいる。二〇一五年三月には、北陸新幹線で東京から金沢まで二時間半弱で行けるようになった。

それとは別に、大分県の平松知事が唱えた一村一品運動もあった。それでも、全体の動きから言えば、若者の農村離れ、都会への志向はなかなか変わらないし、これには、本来的なものがあると思う。若い人たちはどうしても自分の自己拡大の気持ちから、変化の幅の大きい活動への憧れで中央の都会に行こうとする。その気持ちはやみがたいものがあるからである。現在でも、よしんば地方に残ろうと思っても働く職場が少ないという問題は深刻であるようだ。

私は、東京生まれの東京育ちなので、このようなことには、想像以上のことは何も言う立場にない。自分の住んでいる地元をどうこうということはほとんど考えることはなかった。

結婚後は埼玉県和光市に住んでいたが、勤めは東京都文京区の大学であったり都下田無市（現西東京市）の大学の附属研究所であり、住まいは埼玉であっても、私の意識としてはいわゆる埼玉都民であった。また、専門が物理学というインターナショナルな分野であったこともあって、外国に行って研究をしたいなどと考え、西欧の文化には強い興味があったが、地元は生活をする住宅の所在地に過ぎなかった。和光市はすぐ東隣りが東京都板橋区の成増であり、東京近郊のベッドタウンになりつつあったが、私の居た賃貸団地の南側は長らく米軍のキャンプ地で（現在は和光森林公園と大泉中央公園になっている）豊かな緑もあり、快適な生活空間であった。

やがて子供ができると妻は生活の上で周囲の人たちともなじみになって、やがて教育の必要上もあり、いろいろ私にも雑知識が入って来た。子供が東上線沿線の高校に入学したこともあって川越とか、東松山にハイキングに行ったりもした。埼玉住民を意識するのは国政選挙の時だけであり、その頃、和光市を含む選挙区の候補者であった人が、その後、埼玉県知事（上田清司）になったり、国会議員（枝野幸男）になって政党の幹部になったりもしている。

市そのものは古くからの大地主の一族の代表者が長らく市長を勤めたり、その後個人病院の院長がそれに代わったりしたが、我々は新規参入者であり、買い物、学校、病院などの生活上の必要からなじみはどんどんできてきても市政そのものには興味の持ちようもなかった。その頃の地域とのかかわりと言えば、商店街の人たちや、熱心な団地の一部の自治会の人たちが催す年一回のお祭りを子供たちと一緒に楽しむくらいで、自治会費などは払っていても、自分から何か地域の活動に関与することなど全く考えることもなかった。一度自治会の集まりに出たことがあるが、そこで自治会長が「隣りの理化学研究所でサイクロトロンという得体の知れない危険な装置が建設されている」と皆に警戒を呼び掛けているのを聞いて、サイクロトロンは私自身の専門で使用したりする装置であり、そんなことはないと、内心おかしくてたまらなかったことがある。誤解を解きたくもあったが、こんなところで余計なことを言って目立ち、役員にされたりしたら大変だと思い黙っていた。

外国生活は、アメリカに三年間、その後日本に二年ほど戻り、またフランスに二年間、一家で滞在した。外国にいる間は、家賃は払っていたが高校の親友に管理を頼んで住まいは保持していた。帰国してさらに和光市には八年間住んでいたが、やがて私の勤め先が千葉県稲毛市の研究所に変わったので、和光市の団地は息子夫婦に譲り、我々は末娘とともに千葉県民となって二ヶ所の公務員宿舎で、八年間の生活を送った。この間も、仮の住居と思っていたので地域とのかかわり合いはほとんどなかった。やがて定年が近くなり、公務員宿舎から出なければならなかったので、これが終の住み処となるだろうからと慎重に選んで幕張本郷にマンションを購入した。今度はずっとと思ったので地域になじもうと思い、そこのシニアテニスクラブに属し、プレイを一週間に一度楽しんだり、妻ともども自治会の盆踊りのお祭りではそれぞれの趣味のクラブの出店で活動もした。またクラブの忘年会や、いろいろの飲み会でも愉快に過ごした。

ところが代々木の実家を任せていた独身の弟が亡くなったので、結局、大阪に定住している末弟とも相談し、土地を折半し、私たちは代々木に戻ることにしたのである。結局、マンションの生活は七年半余りであった。まずは築後六〇年余りの古い家にあった種々のものを整理し、家そのものをとりこわすまでが大変であった。何しろ我々の親の世代は何でも取っておくという質素倹約の世代であり、とりわけ私の父は非常に几帳面で何でも残しておいてくれたのは大変ありがたかったこともあるのだが、彼ら自身の遺物、弟の遺物を取捨選択しながらの行程は大変であった。家具など我々が利用したいものは残し、幕張本郷の狭い家に一旦は引き取り、大型の不要な家具の数々を捨てるのもまた一仕事であった。特に膨大な蔵書は一冊一冊見ながら私が判断して行ったのである。読みたくなった本も随分あった。当時は平日は勤務があったから、幕張本郷のマンションからの通いで代々木まで、週末には泊まり込みとなり、総計一〇〇日以上通いの整理に明け暮れた。それに一年以上かかった。それからとりこわし建設期間を過ぎて、住みつくまでにさらに半年以上かかった。もともとの敷地の半分の一〇〇平方メートル弱に二階建てを新築して、ささやかに夫婦二人と末娘の生活を始めたのである。私は四五年ぶりに、育った渋谷区代々木の実家の土地に帰って来たわけである。

住み始めてそれからも内部の整備、家具の配置換えなどいろいろ進めて、どうやら快適な住まいとなって生活がなじんで周囲を見渡す余裕が出て来たのはここ三年くらい前からであろうか。昔、代々木山谷町と言っていた場所は代々木一～五丁目となり、ほとんどの家が新しい建物となり、アパート、マンションが増え、小学校時代の友達で今もって近辺に住んでいるのは、四、五人くらいしかいない。

代々木の地域社会というものを意識しそれに少なからず関心を持ち始めたのはここ数年である。

このような経緯は現在のサラリーマンの家庭ではごく普通のことであり、会社勤めの人は、職業によっては転勤に次ぐ転勤で、はるかに多くの土地で住まいを変えて来た人もいるであろう。いずれにしても定年を迎えるとだいたい最後の定住地が決まるわけである。

若い人たちが、地元の商店などで働く人たちを除き、地域の活動に無関心でいるのは、現代の多くのサラリーマンの職業生活のあり方から必然であると思う。若い夫婦が町内会の活動、例えば、防災訓練とか、清掃活動に全く参加しないという苦情を年取った人たちから聞くこともあった。それを何とかしようと、清掃活動に当日参加できない人には、五〇〇円とか一〇〇〇円を徴収するという方法をとった自治会もあるとテレビで見たこともあったが、若い家族は、その額を払って一家で旅行などに行ったり自分たちの生活のしたいことをするといったことで事態は少しも変わらなかったそうである。

私たちはそんな事情を知り、少しは地域活動に協力すべきと思い、毎年とはいかないが九月に行われる渋谷区の防災訓練には参加している。場所は神南町のNHKの近くの広場で、その日は多くの町会から人が来て、消防隊や警察、その他の活動のデモンストレーションや、病院からの協力などたくさんの催しが二時間ぐらいであろうか行われる。見物、参加する人は二～三〇〇人であろうか。

だんだん渋谷区について親しみを感じて来たのだが、そのうち、私の叙勲の結果を知って、桑原敏武区長が思いもかけずわざわざ自宅までお祝いに来られて、知り合いになり、恐縮した私が自らの本を何冊かお渡しした結果、それらを目にした区長からややあって区内で講演をして欲しいと言われた。そして渋谷区教育委員会主催で一般人相手の講演を頼まれた。二〇一三年度、渋谷区中央図書館で聴取希望者一〇〇人弱の人たちを相手にして、三回ほど講演をしたのである。どんな講演内容でも構わないというので、一般人相手だから「科学五題」（放射線、加速器、地球、宇宙、こころ）、「読書五題」（寺田寅彦、遠藤周作、城山三郎、司馬遼太郎、綱淵謙錠）、「人々五題」（石橋湛山、渡辺はま子、松前重義、神谷美恵子、加藤周一）という題目で、多くの方に興味のありそうな講演内容にした。時間は質問、議論を含めて二時間とされた。専門の講演と違って、毎回の新しい準備は入念にしたのだが、幸い好評だったので、二〇一四年度も三回ほどできないかと依頼されたので、また、話したのである。それらは、「文系人間と理系人間」、「人間としての科学者」、「がん治療の最前線」であった。

これとは別に区役所の職員向けにも、研修として講演をしてほしいということを区長から直々に依頼され職員課から受けた形で、この二年間で三度ほど話をした。時間は同じように、質問の時間を含めて二時間であった。題目はそれぞれ「公務員・勝海舟」、「情愛と理性の座標軸」および「生活の上のヒント」である。職員の人々は研修ということで緊張気味であったので、できるだけくだけた雑談ふうに話すように努めた。

こういうことを重ねると、その世話をする人たち、関連の人たちと非常に親しくなる。中央図書館の館長をはじめとする担当の人たち、教育委員会の主だった人々、区役所の職員課の人たち、あるいは幾人かの区会議員の人たちなども講演会で聴衆になっていて、親しくなった。

そうしているうちに、思いがけず逆に渋谷区の催しに呼ばれるようにもなった。新年交歓会とか、神宮内苑の菖蒲観賞会、千駄ヶ谷の国立能楽堂の能、狂言の会とか招待状が来るようになった。また松涛美術館の数回の特別展の開始当日の招待状も来る。こんなことで渋谷区の運営がどんな状態かも知るようになった。新年交歓会では毎回区会議員全員が壇上で紹介される。

ちなみに、平成二六年度の予算を調べてみると、私の住んでいる渋谷区（人口二二万五〇〇〇人）は、一二五〇億円（一般会計と特別会計、特別会計は国民健康保険、介護保険、後期高齢者医療の和）である。

比較のために、東京都（人口約一三三〇万人）は、一三兆三〇〇〇万円（一般会計と特別会計および公営企業会計の和）である。人口が東京都の約六〇分の一であって、予算から見たら、約一〇〇分の一ということになる。日本政府予算は（人口一億二七〇〇万人）一般会計九五兆九〇〇〇億円、特別会計四一一兆円（会計間のやり取りを除く歳出純計額は一九五兆円、大半は国債償還費等、社会保障給付費、地方交付税交付金、財政融資資金繰入れ）となっている。

区の豊かさというのは、住民税の額が一つの目安かなと思って調べてみると、一人あたりの住民税は高額順にみると、一位が港区、二位が千代田区で、渋谷区は三位である。以下中央区、目黒区、文京区、世田谷区となっている。別の見方で住民一人あたりの区の予算額を計算してみると、一位千代田区、二位港区、三位渋谷区であった。

渋谷区は一〇五の町会・自治会があるという。そして渋谷区は財政的に東京都二三区の中でもかなり裕福な区の一つのようである。これは、多くの企業があり、固定資産税の収入が豊かであること、それにひきかえ住民の数が少ないことが影響している。渋谷区は第二の千代田区とも言われてもいるそうである。これは千代田区には中心に広大な皇居があり、その周辺に住民が僅かに五万人強住んでいるのに似て、（もちろん昼間の人口は八〇万人を超える大変な数になるのだが）渋谷区は中心に明治神宮を抱えているからである。

区議会議長が新年交歓会で話したことに依ると、二〇一四年度、全国の地方自治体で渋谷区が第一位になったのが、子育て支援の充実、防災力の体制・整備、予防注射の種類の多さ、だったそうである。

図書館も充実しているし、これはあちらこちらの蔵書検索で、私が最も頻繁に利用している施設である。他に週一回のシニア筋力トレーニング教室には体力維持のためほぼ必ず通う。ここには、年取っても元気で頑張ろうと思って人生に積極的な姿勢の人、今のところ私は若い世代で年上の方が多いのだが、人生の先輩のこれらの方々の話、健康維持、病気、気の持ち様など、実際の経験を聞くので非常に参考になることが多い。親しくなった人たち七、八人と教室のあとに時々昼食をともにするのだが、皆さんかつての職業、経験は皆異なるし、今はさまざまなる活動、趣味に打ち込んでおられて、大いに元気をもらう。妻はそれ以外に、紙フラワー教室、太極拳、映画会などを利用している。これらはほとんど無料だし、若い時は見向きもしなかった事柄であるが、この年になると、いろいろな意味で、私たちが渋谷区に住んでいるのは、非常に幸福だなあと、つくづく思うこの頃である。

渋谷区の歴史を顧みる展示をしている小さな建物が、國學院大学の近くにある白根記念渋谷区郷土博物館・文学館である。ここには、渋谷の古くから地勢の変化から始まって、渋谷の歴史がわかりやすく解説されている。渋谷という名前の由来は、源義家の家来であった河崎基家が後三年の役で功を立て、今の金王神社の地を拝領し八幡宮を立てた。嫡子重家の時、堀河天皇より渋谷の姓を賜りこの地を居城とした。重家の子が金王丸で、源義朝に従って保元の乱で大功を立てたという。金王神社の名はこの金王丸からきている。

渋谷区となったのは、一九三二年（昭和七年）で、それまでの東京府豊多摩郡が東京市に編入されて、渋谷町、千駄ヶ谷町、代々幡町の三町が渋谷区となっている。

明治、大正の頃は、この辺りには多くの牧場があり、その写真なども展示されている。渋谷では何と言っても忠犬ハチ公が有名であるが、この物語がくわしく説明されている。

数年前に、渋谷駅は東横線が地下に潜り、ホームの位置も東に数十メートルずれたが、今や、渋谷駅東口周辺はさらに大改造工事が引き続いている。地下の渋谷川も排水の関係で流路を変える工事をしているという作業をテレビで見た。

また、文学の展示では、明治以来の渋谷区に一時期住んでいた文学者の説明が資料とともに写真入りで展示されている。私はかつて代々木の私の家の近くに住んでいた数人の人について書いたことがあるが（『思いつくままに』（丸善プラネット、二〇一一年）内、「代々木の文芸散策　明治・大正時代の痕跡」で、田山花袋、菱田春草、岸田劉生、高野辰之について）、その他にも、渋谷区全体では、与謝野鉄幹・晶子夫妻、志賀直哉、など三〇人くらいいて、最近では、若い頃加藤周一氏が渋谷で育ち、文芸評論家の奥野健男氏が終生住み、代々木八幡宮の宮司の家に生れた作家の平岩弓枝氏が、八〇歳になって健在である。

二〇一四年三月、私の卒業した渋谷区立山谷小学校の閉校式が、行われた。これは耐震の不足で二年前から一部新しい校舎にすべく建築がなされ、二年間生徒は代々木小学校で授業を受けていたのだが、四月からは代々木小学校が山谷小学校に併合され、新装なった小学校の新しい名称が代々木山谷小学校となったためである。代々木小学校は私が小学校高学年の時、生徒の急増で設立されたものであるが今や全体に生徒が減少したため、これに伴い廃止され、後は老人施設や区のサービス施設などになると聞いている。日本全体の人口減少がここにも反映されているのであった。

私の所属する町会からは、定期的に回覧板が回って来る。それを読むと、町会の役員の仕事というのは、これまた大変であることがわかる。私たちが数年間滞在したアメリカにもフランスにもこういう恒常的な地元組織というのはなかったから、これは隣組など古くからの日本独自の伝統なのではないかと思う。一旦、町会長になったりすると、代り手が居なくて十何年も続けるということがあちらこちらで起こっているようである。約二〇年前に亡くなった私の父も代々木二丁目南会の初代会長として三一年間、千駄ヶ谷連絡協議会会長として二十有余年間務めた。そして四代目の渋谷区連合町会長を四年間務めた。お陰で現在の桑原区長をはじめ、区の年配の人たちは、私の名を聞いて「お父さんはよく存じあげています」などという挨拶をされたりした。

一ヶ月に二回発行される渋谷区の区報なども良く見るようになった。区議会での議論の内容とか、区内で問題になっているさまざまな問題に、実に多くの人々が真剣に取り組んでいることが読みとれる。こういうものを読むと、私は、今まで政治とか経済、あるいは社会的動きなど、少なくとも日本全体でニュースになることは、テレビ、新聞などで追いかけていたのであるが、このような生活ができる基盤に、地域で働いている、区長、助役から始まって、区役所の職員（約一八〇〇人）、また区会議員から細かいところでは町内会の役員に至るまで多くの人たちの地道な努力があることを、あらためて深く思い知る毎日で、今更ながらの発見であるが、つくづく有難いことだと思う。

第三章　感じることなど

丸善とのあれこれ

丸善は洋書の丸善と言われて、明治時代から西洋の書籍を求める人々には、古くから貴重な本屋として発展した。今日ではその独自性は薄れてはいるものの、依然として権威ある老舗の書店である。

私は、母が創業者早矢仕有的（はやしゆうてき）の孫にあたり、子供の頃から、東京雑司ヶ谷の彼のお墓には、母方の親戚の法事で何度か行ったので、そのこと自体は知っていたが特に丸善に対して親しみを持ったことはなかった。若い頃は先祖が誰であろうと自分のことで精一杯であるから、そんなこともあるらしい程度にしか、関心も抱かなかったのである。母が、何か有的のことでいろいろ調べたり、東大の先生に会いに時々出掛けて行っていたのには気づいていたがそのままであった。

それが少し関心を持つようになったのは、もう六〇歳の定年近く、そろそろ自分の社会的活動も終わりそうだなと思い始め、自分はどんな生まれなのだろうかと過去に多少の興味を抱く頃であっただろうか。曽我家の先祖は黒田官兵衛の家来であったという話を父がして、また父が請われてハヤシライスの由来は早矢仕有的の発案であったという説がある、ということをテレビのインタビューで答えているのを見る機会はあった。

こんなことを以前私は「ルーツ探し」という題で短文に書いたことがある（『折々の断章』、丸善プラネット、二〇一〇年）。私が科学技術庁・放射線医学総合研究所を退職した二〇〇二年には、退職記念会に出席して戴く人たちに何の返礼をしようかと考えた時に閃いたのが、丸善のハヤシライスとカレーライスの缶詰の組み合わせを贈るのがユニークでもあり実質的でよいかと思ったのである。有的の事績、ハヤシライスの由来などを私が解説した文を入れ、丸善独特の書籍ケースに入れた二つの缶詰を手下げ袋に入れて皆さんにお渡しした。一缶一〇〇〇円で、参会者が二二〇名くらいだったので、四五万円あまり払ったのはきりがよいので良く覚えている。これは後で多くの人から「とてもおいしかった」との感想を戴いた。

定年になって、数年間は客員研究員として研究所に毎日通って後輩の相談にのったりしていたが、時間に余裕ができてきたので、自然科学の現状はどうなっているのだろうか、と多分野にわたって自分勝手に勉強していた。そうしたら、研究所の中堅であった安西和紀氏に「その知識、情報を我々も共有するために本にしてください」と言われたので、原稿を書き上げて本の体裁にした。さてどこの出版社に持ち込もうかと、当時の東京大学工学部システム量子工学科で放射線計測学の教授であった中沢正治氏に相談した。それまで私は氏から頼まれて東大で非常勤講師を四、五年間、最後は新設された講座の併任教授として三年間加速器や医学物理の講義をしていて大変親しかったからである。

教科書ではないし、ある種のよくある専門書でもない。理工系の一般書とでもいう体裁だし、たぶん自費出版にでもするしかないと思うと意を伝えたところ、彼は「私の教え子で、出版社に勤めた変わり者がいるので、彼に聞いてみましょう」というので、聞いて見たらその会社は吉岡書店であった。吉岡書店は理工系の出版社として私も読んだ本もある真面目なところなので、「それではお願いします」ということで連絡を待っていたら先方から電話があった。そして先方がいうには「吉岡書店としては自費出版で引き受けられますが、会社は京都にあります。打ち合わせが大変になるので、東京の会社の方が便利だと思います。丸善でも自費出版はやっていますよ」と親切に言ってくれた。それで丸善に行ったのである。後で知ったのであるが、吉岡書店は丸善と関係があっていくばくかの人が丸善から移っているとのことであった（中沢氏は私より数年若かったのだが、その後亡くなられた）。

それ以後は、自著はずっと丸善プラネットという丸善の子会社の自費出版社に頼むことが続いている。知りあって以後、早矢仕有的は私の曾祖父ですと話したら、社員の方も最初は吃驚されたようだが、以後大変丁寧に対応してくれるので有難いことだなあ、と思っている。表紙のデザインなどもいろいろ柔軟に考えてくれるし、文章の校正も非常に丹念にやってくれ、仕上がりも上品なので、最初の『自然科学の鑑賞』を出版した二〇〇五年以来、ここに頼んで一〇年余り経ち、この間に七冊の本を出版することができた。

一方、有的の長男早矢仕四郎には多くの子供がいたのだが、四郎の長男崎太郎以外は皆女の子で、私の子供の頃知っている元気な伯母さんは三人いて、私の母なつ子（本名なつ）はその下の末娘であった。私の母は昭和五六年（一九八一年）に六七歳で亡くなり、曽我家の墓は大分県西国東郡香々地町（現在豊後高田市に編入）にあるのだが、有的の墓地がある雑司ヶ谷が近いこともあり、有的の墓の同じ敷地内にある墳墓という、より小さなたたずまいの早矢仕家関連の人たちが入っている墓の中に分骨された。長男崎太郎氏には子供がなくて、その後、誰かの法事のあと、従兄姉たちが集まった際に、彼らの意見で、今後早矢仕関係の人は望むならば墳墓に入っても良いことにしよう、ついては今までに入っているのは崎太郎夫妻と曽我なつ子なので、なつ子の長男である私が有的の墓および墳墓として同じ敷地にある墓を管理して欲しいと言われ、爾来ずっと私が責任者として雑司ヶ谷霊園事務所に対応してきている。その後、有的の縁者で雑司ヶ谷に墓の必要な親戚はいない（伯母さんたちは、それぞれ婚家の墓に入る）、さらにはその子息も他に当てがあるということで、もう親戚でともに雑司ヶ谷墓地に行くこともなくなっている。これとは別に、私は大分の墓も管理者ということになっているが、近来は遠方なのでなかなか訪れることができてない。こちらは地元に近く住む父方の従兄が実質見ていてくれてきた。歳をとってくると、お墓というのは誰でも否応なく身にふりかかる事象とはなる。

明治17年
医師時代の有的

雑司ヶ谷の有的の墓地

さて、父が一九九三年（平成五年）に亡くなり、私は残されたいろいろの遺物を、実家にそのまま住んでいた次弟とともに目にするようになった。そして、さらには二〇〇七年（平成一九年）に独身で実家を相続したその弟が死去し、私は実家の地に戻ることになったのである。この後の事情は、大略前節で書いたのであるが、父や母、次弟の保存してあった遺物の中に、丸善と関係していたものがたくさんあった。家が広いわけではないので、図書館で探せば見ることのできる本、『福沢諭吉全集』（岩波書店）などは、『近松秋江全集』（八木書店）などとともに（父が彼の家で書生をしていた関係で）、神田の古本屋の八木書店に来てもらって、その他の本とともに、たぶん一〇〇冊近く売り払ったのであるが、それ以外にも、直ぐに取捨選択の判断ができないものがあって、とりあえず保存しておいた。

その中に、早矢仕家、特に有的を中心とする多くの資料や写真があった。実は母は、有的の伝記的なものがないのを憂慮し、何とかそのようなものを書いてもらおうと、当時東大の経済学部の経済史の専門家であった土屋喬雄教授に頼んで集めた資料などを見せて相談していたらしい。しかし、やがて土屋氏が亡くなりその後は当時東大の講師であり歴史学者で資料編纂所に勤めていた松島栄一氏と協力して事に当たっていたことがわかった。

明治３年開設の日本橋
の丸善商社

往時の丸善社員
２列目、左より４人目　有的
３列目　左端　四郎

丸善のＰＲ誌であり現在も発行されている『學鐙』に書かれた記事の複製が何組も見つかったのである。それは「早矢仕有的への来翰（らいかん）を巡って　曽我なつ子（遺稿）、松島栄一」と題されたもので、この記事が書かれた時の松島氏は大東文化大学教授となっている。毎回四ページの文章で一から一二までにわたっていて一年間かけて発表されている（『學鐙』、七九巻一―一二号、一九八二年）。

この記事の最後に松島氏の本文の成立の梗概（こうがい）があり、読むと、有的の手許に残っていた多くの人たちからの来翰を、長男の四郎が「故人交友帖」として整理し、一五冊を数えたが、それを読み通した曽我なつ子が再整理しようと志したが、急逝したので、その一部をここに掲載し、その内容はほぼこんなものであることを紹介したと書かれている。

さらには、この交友帖の紹介を続けるならば、なお両三年にわたりうるが、有的の伝記をまとめることも委嘱されているので、それよりも伝記作成のほうに専念したく思うと文を終えている。その後、松島氏は努力を重ねたのであろうが、伝記を発行することなく、二〇〇二年に八五歳で亡くなられている。こういう場合、その仕事の結果が埋もれたままになっているに違いなく、もったいないなあと感ずるが、どうしようもないのかなあ、とも思う。そういうことはあちらこちらであるに違いない。

それとは別に、丸善から送られたに違いない『丸善百年史　日本近代化のあゆみと共に』（一九八〇・八一年）という浩瀚（こうかん）なる本（上・下巻各々一七一二ページ、資料編四六〇ページ）もあり、それには創業者の有的の大きな肖像写真が最初に出ていて彼の事績も細かく綴られている。有的が横浜に丸屋商社を創業したのは一八六九年（明治二年）であり、翌年日本橋に書店を開設しているので二〇一五年現在では一四五年余り経っていることになる。また一九八〇年に発行された『別冊太陽　慶応義塾百人』（平凡社）では、有的は慶応義塾一期生であるから彼は福沢諭吉、中村道太に続いて三番目に写真入りで載っている。

それとは別に横浜開港資料館におられた佐藤孝氏から、一九九四年に『横浜商人とその時代』（有隣新書、一九九四年）という本が送られていた。これは、横浜の発展に貢献の大きかった人たち七人をとりあげ、それぞれ異なる執筆者による彼らの業績を解説したものであった。原善三郎（原三渓）、茂木惣兵衛、吉田幸兵衛といった人たちに続いて「早矢仕有的　新文明の輸入商」が佐藤氏によって執筆されていた。

丸善百年史

佐藤氏より送られた本

彼らは単に商人としてだけではなく、横浜の市政にも大いに貢献した人々であったらしい。佐藤氏の参考文献の中には、前述の松島氏と母の『学鐙』の記事が含まれていた。あとで佐藤氏からの直接の話では、この本を書く際に、我が家に来て頂いていろいろな資料を参考にされていたので、寄贈されたものだということであった。

それ以外にも、多くの早矢仕有的に関する記事が載っている雑誌とか、本、また母が集めていたに違いないコピーなどが残されていた。

こんなものに触れているうちに、私の心の中にだんだん丸善に対して興味を通り越して愛着の念が増してきた。日本経済新聞が出している「私の履歴書」シリーズでかつて戦後の丸善において八代目の社長を長く勤めた司忠氏の文章があり、彼が家の都合で中学校にも行けず丸善の丁稚小僧である見習生からスタートし、苦学力行を重ね、戦後の丸善復興の礎を築いたことを知った。(『悠憂の日々』、二〇一三年、『私の履歴書』読後感」内)

また、同じように、以前にも自著で触れたことがあるのだが、寺田寅彦の随筆の中に「丸善と三越」というのがある。彼はそこで、高知に居た中学時代、高知で何か特別の書物が欲しいと書店で言うと、番頭が「さっそく丸善へ注文してやります」との声を聞き、「到着するまでの不安な気持ちと、到着した時のあの鋭い歓喜の情は二度と味わえない思い出である」と書いている。また、東京で生活をするようになって、「丸善に入って、棚のすみからすみへと見て行くのが楽しみであった」とも記している(『いつまでも青春』、二〇一四年、「寺田寅彦論」)。梶井基次郎の代表作『檸檬』にも丸善は出てくる。

また、加藤周一の『日本文学史序説』には、次のような文章があった。

「輸入された書籍を通じて、『西洋』の文化一般が知識人の自己形成の中心となった。英語を通じて広く西洋の近代文学を読んだ芥川龍之介は、その点でも典型的である。西洋の土を踏んだことがなく、しかも西洋の文芸について芥川ほどの知識をもっていた文学者は、彼以前におそらく一人もいない。……西洋での生活の経験なしに西洋文学を知った最初の作家は、芥川である。丸善が彼を作った」

(『思いつくままに』、二〇一一年、「加藤周一『日本文学史序説』について」)

このような文章を読むと、丸善の日本に果たした歴史的貢献に感心するとともに、私は曾祖父の事績に対し、何か言い知れぬ誇らしい気持ちが湧きおこるのであった。

そんな日を送っているうちに、私の母と従姉妹である丸家日出子（本名日出）さんの子息である丸家稔氏がＷＥＢ上で、かなりの努力の末であろう、早矢仕有的の生涯、および丸屋善八の生涯についての記述をされているのを教えられた。丸家稔氏は、有的のたくさん居た子息のうちの六郎（善八）の孫にあたり、私と家系図では世代的には同じなのであるが、一九二八年（昭和三年）生まれで、私より一四歳年上である。

私の母と、日出子さんは大の仲良しで、よくお互いに往き来していたのを幼心に覚えている。私は中学生の頃であろうか、夏休みに当時鎌倉の長谷近くに住んでいた日出子さんの家に友達と二人で数日泊まらせて戴き、海水浴を楽しんだり、付近の大仏やお寺を巡った楽しい思い出があった。その頃、稔さんは既に東大応用物理学科を卒業していてエンジニアとして会社勤めであったため、お宅には居たのだが直接に深く話をすることはなかった。なにしろこちらは子供であったし、大学では稔さんはオーケストラのメンバーと聞いていて、その白面貴公子然とした姿を、私は東大出の人というのは違うなあ、と遠くから眺めるばかりであったから、それは当然であった。

この作業をしている間にであろう、稔さんが生前の私の弟に、何回かの手紙で、早矢仕家に関する質問状を出されている手紙（二〇〇二年~二〇〇五年）が出てきた。早矢仕家の家系図とか親戚の名前、ハヤシライスに関することであった。

それらの調査が実って彼がかなりのページにわたる文章を写真入りでＷＥＢで出されたのは素晴らしいことだが、私はそれを見て、ＷＥＢだけではいつどうなるかわからないので、是非とも本にして下さいと勧めていた。その結果、彼は、私家版であるが、二〇〇六年に約一六〇ページの本を印刷して、送って下さったのである。それを見ると四章に分かれていて、早矢仕有的の生涯、丸屋善八の生涯、ハヤシライスの語源、わが半生の記、となっている。稔さんは本格的に先祖の足跡に興味を持たれたのであろう。有的の生れ故郷である岐阜県の山県市笹賀まで出掛けられ、いろいろ調査されたり写真を撮られたりしている。さすがに秀才で非常に緻密な考察をされていて、素晴らしい記述になっている。二〇一一年には早矢仕有的の生涯の改訂版を出され、それには私が知らせた父母の遺品にあった有的の生家の写真、有的の子息の写真なども載っている。

有的の子息には、若くして亡くなった二人（五郎、九郎）を除き、四郎以下、六郎、七郎、八郎、娘としてたつ、みねが居た。七郎の娘で土屋氏に嫁した順子（本名順）さんも母と仲良しでときどき家に来られていた。八郎は藤倉家に養子に行ったと思われるが、その子息の藤倉和明氏は、英文学者であり浦和短期大学名誉教授であるが、二〇〇一年に日独協会機関紙『Die Brücke』一二月号に「日独文化交流を支えた人々」として「早矢仕有的―丸善の創立者、西欧文明、ドイツ文化の伝達者―」という短文を書いておられ、それはドイツ語の文章の翻訳をもとに有的の事績を書かれたものであった。それを送られたのであろう、我が家にコピーがあった。彼は、兄弟の四郎と八郎が一三歳の差があったため、現在生存されている親戚の中で、家系図の上で私の一つ上の世代である。

二〇一一年のはじめ、元丸善の社員であった原田幸四郎氏から早矢仕有的没後一一〇年に際して「有的を偲ぶ会」を開催したいとの報を受け取った。その会は二月二〇日に横浜のレストランで開かれた。どういう方たちが集まるのか、と思って出掛けると、そこには早矢仕の親族として、歳の順に言うと、丸家稔氏（六郎の孫）、土屋恒次氏（七郎の孫）、私（四郎の孫）、和田良氏（たつの孫）の四人が招かれていた。藤倉和明氏（八郎の子）は体調不良で欠席とのことであった。それ以外に元丸善の社員、現役の社員など遠くは仙台からも来られ親族以外に二一名の方がおいでになった。『學鐙』の編集を長くやっておられ、OBとなっていた西村みゆきさんも参加されていた。彼女は何度か私の実家に打ち合わせで訪れたことがあると言っていた。

横浜開港資料館の佐藤さんは、その後も、資料館の紀要に、「早矢仕有的の研究　故人交友帖の分析一」（第一七号、四二～六一ページ、一九九九年）および「分析二　早矢仕有的と横浜ガス局事件」（第二一号、三三～五七ページ、二〇〇三年）を書かれている。彼に横浜開港資料館に一度行きたいと希望を伝えていたところ、それではというので二〇一一年の六月に横浜関内駅で彼と待ち合わせて案内して戴くことになった。晴天の日、駅では彼と一緒に何と西村さんも来て同行された。彼女は横浜に住まわれているとのことであった。資料館でゆっくりいろいろの展示物を見た。幕末から明治初期に、有名なイタリア人写真家のフェリーチェ・ベアトの横浜のパノラマ写真が印象的であったが、早矢仕有的の関係は、多くの書類、書籍その他の複製ががっちりと保存されていたという記憶がある。その後、山下公園に行き戦後マッカーサーが執務室とした使った建物の中に入ったり（今はニューグランドホテル、結婚式場でもある）、そこから港の見える丘公園まで、日差しを浴びながら三人でいろいろな話をしながら散策を楽しんだ。

その後も毎年原田氏の企画で「有的を偲ぶ会」が催されるようになり、私も四郎の関係者に参加することを呼びかけた結果、それぞれの都合で参加者は変わるのだが、鈴木浩子さん、渡辺公子さんなどの私の従姉妹も加わるようになった。

2012年4月有的を偲ぶ会、日本橋料理店で
前列左より、鈴木浩子、丸家稔、土屋恒次、和田良、
後列左より尾関伯房、私、藤倉和明、原田幸四郎、
佐藤孝の各氏

2013年 4月有的を偲ぶ会、上野精養軒での会
食の後　左より、尾関、土屋、丸家、原田、渡
辺公子、藤倉、西村、原山夫人、私、原山俊一
の各氏

丸善の旧社員の側は、原田幸四郎さん、原山俊一さん御夫妻、尾関伯房さんが毎回参加され、それぞれの方の大変優秀な能力に、私は実に感心している。二〇一五年は、神田室町のそば屋「砂場」で開かれ一〇人の参加者であった。私は、有的の墓の将来の管理のこともあり、長男の徹志はまだ四一歳だが

少し早矢仕のことも知っておいて欲しいと思って初めて同道した。その席で、藤倉さんが、有的の子が、四郎は早矢仕、六郎は丸家、七郎は丸屋、八郎は藤倉とそれぞれ苗字が異なったのは、当時、長男として家長になると徴兵されなくて済むという思惑があったからのようだ、と話されていた。

2015 年 4 月有的を偲ぶ会　神田砂場にて

岐阜県山県市で開かれた 2014 年 12 月の早矢仕有的特別展の訪問印象を、丸家、土屋氏から聞く

原田さんの説明を聞きながら、釘店通りから往時の品川町裏河岸を散策

原田さんは毎回、有的の事績について新しく調査され、その結果、早矢仕民治（注一）という人が著した早矢仕有的の年譜を現代語訳して『現代語訳　早矢仕有的年譜　早矢仕民治編』を、数年かけて完成された。それには、他の文献からの注釈やコメントがたくさん付けられていて、年譜といっても何と

A四版本文八四ページの力作である。彼の作った早矢仕家の家系図は、親族の協力のもと、私も作成で問い合わせられて一部助力したのだが、有的の曾孫は全部で三八人であることがわかった。

原田さんは歴史というものが本当にお好きなのだろう。毎回、何か新しいことを報告してくださり、歓談の食事会の後は、丸善のゆかりの場所へと案内してくださる。歓談の場所もそのことを考慮して設定してくれるので、食事が終わったあとも、散策しながら彼が豊富な知識を披露して楽しい時間となる。

私は作家の佐多稲子が丸善洋品部に勤めていたこと、その時に関東大震災にあったことが、彼女の『私の東京地図』（中央公論社、日本の文学、一九六八年）に書いてあることを見つけ紹介したのだが（たぶん丸善では有名な話で、丸善で働いた皆さんはご存知のようであった）、原田さんはこの時も、大仏次郎の随筆集『今日の雪』（光風社書店、一九七〇年）を古本屋で購入し、その中で著者が丸善のことを書いた文章がある、といって紹介された。

原田さんの解説では、この近くに釘店通りというのがあり、そこが日本橋の店の以前に丸善が東京で初めて開業した場所らしいということであった。原田さんは往時の東京の地図を皆に配られ、会食後、皆でその釘店通りから裏河岸（現在中央区本石町）を散策した。

原山さんは、丸善の販売部門で四〇年働き、本社で部長、広島支店長として六年間、中国地方の仕事を総括される立場であったようだが、もう八〇歳を越えられるお歳だというのに、既に海外旅行五〇ヶ国、その他いろいろな活動の毎日を送られているようだ。毎年、株主総会には出掛けられ、その報告もしてくださる。熱烈に丸善を愛して下さっている方で、最近は、会社は、「丸善ＣＨＩホールディングス株式会社」という名が全体を統括する名なのだが、その役員には旧丸善出身者は一人も居なくなったと残念そうに述べておられた。現在障害者支援施設で器楽奏者二人を入れてコーラスの音楽ボランティア活動を行い、また一人で学習支援の通称「原山教室」をもう一五年近くも続けているそうである。奥様も丸善ＯＢで洋品部で働いておられたと伺ったが、同じく八〇歳を過ぎておられるのに、一〇年ほど前から老人ホームで調理師としての指導で、平日は毎日出勤、しばしば夜が遅いのでその時は御主人が夕食を用意しているそうである。英会話の勉強も続けておられるとのことである。こんなに逞しい夫婦というものもあるのだ、と私は勇気を戴いている。

1967年、拓本作業中の尾関氏

尾関さんは若くから丸善に勤め、「私の人生は丸善とともにあった」、と有的に対する感謝の念をいつも話されている。彼が若い時、社員として私の母など親族に見守られながら雑司ヶ谷にある有的の墓石の拓本をとろうと懸命に作業をしている写真が、我が家の遺品から出て来た。尾関さんに見せると、大変喜ばれ、何と彼が二四歳の時とのことであった。有的の命日、二月にはいつも雑司ヶ谷の墓にお参りしているとのことである。

彼はカメラ撮影が大の趣味で、それのパソコンによる編集、画像の処理その他の能力はちょっと尋常でない。ヨーロッパに行っても、写真を一七〇〇枚撮った、これを編集するのが楽しみだと言われるような方である。いつも偲ぶ会が開かれてしばらくすると、その会の写真群がA四版のフィルム題紙にきれいに飾られ、文章付きで整理された形のファイルとなって送られてくる。

丸善は一方で、二〇〇八年に、大日本印刷に吸収合併され、資本的にはその傘下に属している。きっかけは一九九九年のアメリカのプリンストン債の詐欺事件に巻き込まれ、三二億円の負債を背負ったためであり、その後株式は無配の状態が続き、二〇一〇年には上場廃止となった。丸善はそんなに商売上手でなかったのだろう。しかし、大日本印刷としては、丸善というブランドは生かしたいということで、今も丸善株式会社や丸善出版株式会社という組織は続いている。もともと、大日本印刷は丸善の出版書籍をずっと印刷してきたというわけで、親しい関係の会社であったので競争会社による買収というようなことではないとのことである。丸善出版は、ホールディングスの傘下で、丸善プラネットは自費出版を担当するその子会社である。二〇一五年には、丸善書店が関西大手のジュンク堂書店と正式合併し、商号は丸善ジュンク堂書店となった。

もともと有的の活動の目的は、福沢諭吉の主張を、現実に実現すべく日本の文明を推し進めるという、社会教育的動機であった。そして、その精神から言えば、私は、丸善出版は、一般に対するベストセラーを売り出そうというような販売本位の多くの他社の方針とは違って、現代の日本の時代の文化の創造を書籍を通して後世に伝えるということが、その崇高な使命であるべきだと思っている。社員のほうもそういうつもりで働いておられる人たちが多いようである。東京駅の近くにある丸善・丸の内本店オアゾ（ＯＡＺＯ）（注二）は、ブック・ミュージアムという概念で構築したとの話も伺った。確かにレジで本の名前をいうと、何階の何番の棚のここにあります、というような案内を受けて図書館と同じような感じとなっている。

このように曾祖父が日本文化にとって重要な役割を果たした、ということで、その遺徳を大切に思って下さる人たちによって、子孫の我々は何もしたわけでないのに、このような集いを企画され、楽しい思いを味あわせて戴けるというのは、本当にありがたいことだと、私はその方たちに深く感謝している。

注一、　有的は医師山田柳長の子であったが、父が早く亡くなったので、早矢仕才兵衛の養子になった。原田氏のまえがきによると、民治氏はその才兵衛の実の娘の子息であり、有的とは叔父、甥の関係で、有的より二〇歳年下になる。一五歳のとき上京して丸屋社中に入社している。その手書きの年譜は、横浜開港資料館に四種類五冊があると書かれている。原田氏はこれを丸家稔氏の紹介で知り、それをもとにその他の多くの資料からの情報も得てまとめられた。

注二、　Office and Amenity Zone の意味である。これはまたエスペラント語で「オアシス、憩いの地」を意味するという。

泣きたくなった画

私が長い人生で、画を見て感動で泣きたくなった経験というのは、若い時に一度だけあった。元来、美術に対しては平凡な感性しか持ち合わせない私は、展覧会に行って凄いなあと思うことは、日本でも欧米でも数知れずであるが、泣きたくなったのはその時だけである。小さい頃は父に兄弟げんかをすると、頭同士をぶつけられ、一人の時は頭を柱にぶつけられて泣いたこともあったが、一〇歳前後からは「男だったら絶対泣くな」と父からしつけられてきたから、口惜しくて泣きたくなったことはあっても悲しみで泣くようなことはまずしなかったが、この時の胸のつまる思いは今でも覚えている。

それは、まだ高校生の時代であったであろうか、京橋にあるブリヂストン美術館に一人で行った時であった。入場者もほとんどいなくて自分で美術館を独占しているような気分になった。そこにはマネ、ルノワール、セザンヌ、モネ、ドガなど印象派の画がたくさんあったし、ロダンやブールデルやマイヨールの小品の彫刻もあった。モネの縦長の睡蓮の画は水面の立体感と言うのか奥行きが実に上手に描かれていて、他の睡蓮の画よりも印象深く覚えている。

その中で、吸いつけられて見ているうちに泣きたくなったのはルオーの「郊外のキリスト」という画であった。月の照っている夜、さびれたような建物がつづく郊外の道の真ん中でキリストが立っていて、近くの二人の子供と何か話しているという画である。顔の表情などはほとんど見えない。キリストは白い服であるが、ルオーの画の特徴である黒い線で輪郭が描かれている。

その時、何であんな気持ちに襲われたのだろう。もちろん私はクリスチャンではなく、キリスト教は好きでない。排他的一神教は世界の毒であると今も思っている。

郊外のキリスト

たぶん、宗教とは関係なく、世の人に背かれ受け入れられない人間が、とぼとぼと日を送る。相手になるのは、何もわからない子供たちだけであるという、その雰囲気に、生きて行く厳しさ、寂しさを自分で勝手に想像したのではないかと、思われる。まだわからない将来への不安と、一方負けないぞという決意だったのかもしれない。

この度、妻が近所の図書館から『ちひろさんと過ごした時間　いわさきちひろをよく知る25人の証言』（ちひろ美術館監修、新日本出版社、二〇一四年）というまだ出版されたばかりの本を借りてきた。妻は昔からいわさきちひろの画が大好きで、美術展にも行っているし、気に入った画の複製画が新聞や雑誌に出ていると、それを切りとって保存するほどの大ファンである。彼女が数日、その本を見て読み終わると「あなた、もし興味があれば、まだ返さないから読んでみたら。なかなかいいわよ。夫の松本善明とのこともでているし」というので、その本を、他のむずかしい本の読書の合間にゆっくりと気晴らし半分で寝る前に寝転がりながら読んでいった。松本善明氏は私が若い頃、渋谷区を含む東京第四区選出の共産党国会議員だったから、名前はなじみであった。

最初にいわさきちひろの作品が一五枚ほど載っている。本文では、黒柳徹子をはじめとするいわさきちひろと親しかった二五人の人の文章が出ている。黒柳徹子はベストセラーとなった『窓ぎわのトットちゃん』の表紙にいわさきちひろの画を使わせてもらったとのことである（「こげ茶色の帽子の少女」）。

最初に黒柳徹子（現在、ちひろ美術館館長）が彼女の生涯のあらましを書いている。巻末の年表とも兼ね合わせて、いわさきちひろの経歴をザッと書くと、彼女は子供の時から画を描くのが大好きで、最初、岡田三郎助にデッサン、また女流書家について藤原行成流の書も習った。三人姉妹の長女で、母が教員であった府立第六高等女学校（現三田高校）を卒業した。婿養子をとらなければならない立場で、二〇歳で銀行員と見合い結婚。盛大な結婚式を行ったようだ。しかし、任地の中国での新婚生活は、相手をまったくよせつけない、夫が近寄って来ると身震いするといって拒否をして、ついに相手は一年後くらいに自殺をしてしまったということである。結婚生活というものを基本的に理解してなかったということであろうか。それにしても自殺することはない、というのが我々普通人が持つ見解であるが、後にちひろがどう考えていたのかは記されていないので真相はわからない。

黒柳徹子著書のカバー

中野での空襲体験、二七歳での終戦、信州への疎開、翌年、共産党に入党、東京に一人で戻り、画の勉強をしようと共産党の宣伝芸術学校でさる人の紹介で、その友達の丸木位理、俊子夫妻（「原爆の図」の作者）とも知り合いになり世話にもなった。それからブリキ屋の屋根裏部屋で一人で住むようになり、七歳年下の松本善明と出会うことになったという。

私はゆっくりと、その他の人々の話も読んでいった。私が著者の中でその名を知っている名前は女優の中原ひとみくらいしかいなかったが、彼女は新宿で童画家の展覧会ではじめてちひろの画を見て、すぐその画を買うことに決めたら、かたわらにちひろが居て、というところから交際が始まったという。また、夫の善明の文章もある。彼は、東大法学部卒で共産党の国会事務局に入って活動をしていたが、市井での活動もしたいと神田の支部で活動するようになり、そこでちひろに会ったという。それよりだいぶ以前、長野県でちひろが入党したのは、選挙の時、ポスターを描くことで共産党を応援しようと思ったからという。それで一人当選したのだが、さらに勉強しようとして宣伝芸術学校に入るため、東京に戻った、そんな会話をしているうちに、二人の間で愛が生れたようだ。

松本善明といわさきちひろ夫妻

このような彼女の経歴を見ると、天性の芸術家であって、それ以外の幼稚性はびっくりするほどであるが、彼女の子供の時から、娘時代、見合いの時、善明との恋人時代、家庭での息子との写真など、多くの彼女の写真が載っている。おかっぱの髪の姿の、結婚直後であろうか、善明氏との写真を見ると、とても三〇歳を越えた女性とは思われず、二〇歳代の姿に見える。

私はのんびりと文を読んだり、本の冒頭にあるやわらかい口絵を見たり何度もそのファンタジックというのか、柔らかい色彩豊かな画をみているうちに、その中に全く他にない雰囲気のほぼ白黒の画が一つだけあった。

そしてその絵を眺めているうちに、ながらく味わったことのなかった、泣きそうな気分になった。その画の題は「焔のなかの母と子」とある。

この画に描かれている母と子、あどけない目で無心にあらぬかたを見ている子供をしっかりかかえ、迫りくる焔を眺める母親の目を見ていると本当に泣きたくなった。何という表現力であろう。

「焔のなかの母と子」

いわさきちひろ
（52歳）

いわさきちひろの息子であり芸大に進んだ猛氏の文によると、この画は、出版社から『戦火のなかの子どもたち』という表題の依頼が入って、彼と彼女が親子で一緒に作った画集の中にある。その画集で最後に彼女が付けくわえた画であって、この母親はこの画集に現れる唯一の大人だそうである。それまで全部子供だったんです、と彼は書いている。

この画集を出版した翌年の一九七四年、いわさきちひろは肝臓がんで五五歳という短い人生を終えた。共産党員の弁護士を夫に持ち、次から次へと制作にとりくんで長年過労気味であったのが、響いたのであろうか。

彼女の多くの子供たちを描いた、水彩のにじみを存分に生かした技術、柔らかく美しい色彩、子供たちの動きと絶妙な空間の構成、ほのぼのとした画は本当に素晴らしい。童心をいつまでも失わず、それを宝物のように愛した。彼女は、神がつかわした天使であり、童画の天才であった、とつくづく思う。

ちひろ美術館は、東京の下石神井と、彼女が休みごとに過ごしたという信州安曇野にある。

古都・京都の魅力

京都の魅力について話して見たい。私は東京生まれの東京育ちであるから京都は遠い都市であった。しかし、中学、高校の古文の授業でいろいろ習ったので知識はあったのであるが、あくまでも想像でしかなかった。『枕草子』、『源氏物語』、『方丈記』、『平家物語』、『徒然草』、『更科日記』、『小倉百人一首』などを習い、京都のことをいろいろ知った。またそれ以外にも、少年時代に、子供向きの『源平盛衰記』、『義経物語』なども読んでいたし、朝日新聞で連載された村上元三の『源義経』も読んだ。また高校で図書館に入ったばかりの吉川英治の『新平家物語』全一六巻も読み、また市川雷蔵主演の同名映画なども見た。そして京都に非常な憧れを持ったのである。東宝映画で見た『宮本武蔵』(三船敏郎の宮本武蔵、鶴田浩二の佐々木小次郎)でもいろいろ京都が出てきた。

高校の九州修学旅行の帰り、京都に泊まり一日自由行動という日が設けられたのだが、私は友人の添田浩君が父上譲りの建築家志望で「君に古い建築がどんなものか、説明するから、俺について来ないか」というので奈良に行って彼からいろいろ教わる日を過ごしたので、京都は全く訪ねなかった。彼はその後、東京芸大建築科に入り望み通り建築家になって今も元気で働いている。

私の最初の京都の経験は、一九六〇年、大学一年の秋休みに、武生のお寺に生れ、母親同士の縁で、東京の女子美術大学在学中に家にも頻繁に訪ねて来たことのある藤枝明子さんの京都での結婚式に出て、その後七日間ほど彼女の知人の親戚の家に泊まらせて戴き、京都を一人で歩き回った時で、京都の主だったところは随分行った。

記録を見ると、行ったところは、古文、あるいは歴史、美術で知ったところが多いが、一日目、東福寺、二日目が結婚式、三日目は三十三間堂、長谷川等伯の障壁画で知られた智積院、清水寺、銀閣寺、四日目、西芳寺、渡月橋、天竜寺、その後、夕暮れの小倉山を眺めながらの清涼寺、平家物語で有名な妓王寺と滝口寺、二尊院、俳人向井去来で知られた落柿舎、大覚寺に行った時は真っ暗になって更に月の照っている大沢池、百人一首で詠われた名こその滝跡に行っている。

夕暮れの小倉山

修学院離宮上茶屋より

仁和寺での時代劇撮影

二条城での雅楽

五日目は明子さんの父上が西本願寺の役員だったので、その斡旋で修学院、その後、宮本武蔵と吉岡一門の決闘のあった一乗寺下がり松、石川丈山の詩仙堂、祇園を歩いたが、この日、社会党委員長浅沼稲次郎が刺殺されたのを町中で知った。六日目、小堀遠州が作ったと言われる大徳寺・方丈の庭、また大仙院その他を見て、その後、金閣寺、衣笠山を登りまた降りて、竜安寺、仁和寺、妙心寺では東映時代劇の撮影に出くわした。七日目、西本願寺を明子さんの父上に詳しく案内された。八日目、大原・寂光院、三千院、九日目、二条城・本丸・二の丸御殿に行き、雅楽に会い舞台での美少女の舞を見た。午後、宇治に行き黄檗宗万福寺、平等院を訪れた。我ながら随分歩き回ったものである。この間、ずっと毎日晴れの好運に恵まれた。

その後、かなり経って、東大原子核研究所に勤めるようになり、その共同利用研究所で知り合った後の京大教授松木征史さんの働いていた蹴上のサイクロトロン施設（もとは琵琶湖から流れる疏水を利用した日本最初の発電所があったという）を訪れ、その際に、教授の柳父琢治先生に南禅寺で湯豆腐を御馳走して戴いた（この時の事情は自著『思いつくままに』内で、先生の「結婚式の名スピーチ」について書いた）。

また元の原子核研究所教授の小亀淳先生の京都のお宅は何度か訪れた。小亀先生は京都大学の蹴上サイクロトロンの出身で、柳父先生の数年後輩になるが、原子核研究所の助教授時代は陽子の非弾性散乱反応による原子核の実験研究者であり、やがて私が研究所に入った時は、教授として大型計算機の導入から計算機室の運営の長を長らくされていた。

先生とは私が研究所に入って一年も経たないで直ぐ親しくなり、私にいつも温かい期待をかけて戴いた。研究所に入って一〇ヶ月後の一九七三年、春の九州の物理学会の時は「曽我さん、私は京都から自動車で行くから同乗しませんか」と言われ、私は京都まで新幹線で行き、そこから先生の車で山陽道をずっと下り、関門海峡をフェリーで渡って福岡に着いた。

九州大学の物理学会出席で
小亀先生の自動車運転で行く
関門海峡上のフェリーの上で

先生は定年後は、数年間国士舘大学でそこの計算機システムの立ち上げに尽力されたが、私が何回か訪ねた時は既に京都に戻られていた。先生の御自宅は京都大学のキャンパスの吉田山の近く今出川通りを越えた北側にあり、そこから歩いて「哲学の道」などをゆっくり案内して戴き、先生のなじみの老舗の有名店で昼食を御馳走になるのが常だった。先生は父上が映画監督の衣笠貞之助であって、生粋の京都育ちであり、京都人そのものであった先生とは、関東と関西の人の特質、相違などを巡って興味深い会話を交わした。

私が「京都の人のもの言いは、来客に奥さんが、おぶづけ（お茶漬け）はいかが、というのは、もうそろそろ帰って欲しい、という意味だ、という有名な話がありますが、本当なんですか。複雑ですね」というような話をすると、先生は「京都人にとっては、ものごとに表と裏があるというのは極めてあたりまえのことなんで、それは生活のあらゆることにゆきわたっている。関東の人は単純で、あることを聞けばそのまま受け取り、場合によってすぐかっとなったりするが、京都では、人間はそんなに簡単ではない。もっと婉曲に表現する。長い間の戦乱を潜り抜けたしたたかな伝統が、生きる知恵として根付いている。我々京都人からすれば、表現をひと通りにしか理解しないというのは、そいつは馬鹿だということだ」と笑いながら諄々と説かれていた。先生は二〇〇九年に亡くなって年賀状を取り交わすこともなくなったが、先生の教養人としての、温厚なたたずまいがなつかしく思い出される。

一九九七年、妻を連れて、紅葉の真っ盛りに貴船、鞍馬に行き、そこでは義経がまだ牛若丸の時代に剣術修行をしたという森の中、僧正ケ谷まで行った。三尾の三つの寺、高雄神護寺、槇尾西明寺、栂尾高山寺にも行った。京都大好きの妻にとって最初の東福寺の紅葉も見た。京都の紅葉というのは、古い神社や、お寺の風景との調和の中で本当に素晴らしいものであった。

一九九九年の京都で開催されたイオン源国際会議では、エクスカーションで金閣寺、比叡山延暦寺を多くの外国人参加者、特にインディアナ大学で客員研究員として滞在した三〇歳代からの古い友人、そこでの論文の共著者でもあった物理学者のオランダのグロニンゲン大学のドレンチェ氏などと一緒に行動した。

槇尾・西明寺の紅葉

金閣寺でドレンチェ氏と

比叡山延暦寺根本中堂

祇園祭りの山車

二〇〇一年には、夫婦で醍醐寺を訪ね、祇園を歩いたり、祇園祭りを見物した。そういう折りには高台寺（秀吉の妻ねねが、高台院として居た東山のお寺）僧坊の月真院（注一）や、七条堀川にある浄土真宗興正寺の宿泊施設が格安なのでいつも利用した。また妻の希望で、帰りにはいつも錦小路に寄り京都の漬物を買った。

同じ年に、放射線医学総合研究所の後輩島田義也君とは研究会の翌日、一緒に坂本竜馬で有名な伏見の寺田屋に行ったが、早すぎて開いておらず、待つ間にすぐ傍の月桂冠の工場に行き、そこで朝からきき酒で飲んだりして、その後で寺田屋へ。それから電車で市内中央に戻り、その後、維新の道を登り霊山記念館、坂本竜馬と中岡慎太郎の墓に行った。その後は戻って南禅寺で湯豆腐と酒で昼食、二人とも酒好きなので、彼と会うといつもこんな風になる。

伏見寺田屋で

南禅寺「奥丹」で

時代祭り　平安神宮を出発

鴨川沿いの店で津国君と

また、二〇〇二年一〇月、これも研究会のついでに一人で平安神宮を出発する時代祭りを見た時は、当時、京都の会社で社長をしていた高校の友達である津国駿一君に連絡したところ、夜に鴨川沿いの料理屋で御馳走になった。その後、彼は祇園の大石内蔵助が遊んだことで知られる「一力」の前に連れて行ってくれた。

二〇〇四年の秋に妻と末娘と三人で行った時は、伏見の寺田屋、東福寺、天竜寺、二条城、渡月橋など、関西を回っていない娘への案内と教育を兼ねて連れて行った。

完全にフリーになってからは、仕事で出張もほとんどなく、交通費を自分で出してわざわざ観光にいくのも大変なのでほとんど行かなくなってしまった。

一番最近は、二〇一四年春に、岡山理大での講義のあと、京都に一泊し、翌日、元放医研理事であり、親しい間柄であった京大教授の高橋千太郎氏に会い、案内されて八坂神社、円山公園、南禅寺山門などを通り、北白川の橋本関雪記念館（白沙村荘）に連れていってもらった。

円山公園の近くで高橋氏と

橋本関雪記念館の庭

関雪作　玄猿図

ここは京都大学の教官が、外国人の接待などでよく利用する場所なのだそうで、高橋氏とは十年ぶりくらいであったが、食事をしながらの歓談はとても楽しかった。竹内栖鳳門下の京都画壇の雄であった関雪の広い自宅であったもので、玄猿図など彼の作品がいろいろ展示されていた。また、その純和風の庭は、いくつかの建物があり池もあってなかなかの奥床しさを感じさせる美しいものであった。

いずれにしても、平安時代の遷都、七九四年以来、一二〇〇余年、日本の古都である京都はどこまで行っても、観光地としての魅力は尽きないと思う。

今では、有名な所でまだ行っていないのは、入場にあらかじめ手続きが必要な桂離宮と京都御所がある。また御所の西にある北野天満宮、北の上賀茂、下鴨神社、南の石清水八幡宮ぐらいしか残っていないかなと思うくらいである。

こういう一方、私がタクシーに乗って「時代祭りが明日ありますね」と運転手に言った時、彼は「ああ、そうですが、私はもう何年も見ていませんね。ああいうのがあると、うるさくて人が山のように来て、ハタ迷惑で困ったものです」と答えた。考えてみると、私は葵祭りは未だ見てないが、京都三大祭り、あのような催しは一度見ればたくさんで、毎年行われるのは、商店街など関係者は別として、地元の一般住民にとっては、やりきれないなあとの想いもわかる様な気がした。

また、自分の仕事とは関係ない、古来からの伝統、神社・仏閣などに囲まれて毎日過ごすというのも、新規性、革新性を目指す若者にとっては、鬱陶しい限りかもしれない。彼らはこんな古い歴史を背負った都市は息が詰まるといった思いに襲われ、もっと自由で開放的な場所に行きたいと思うかもしれない。

ひるがえって、もし自分が京都に生まれていたら、どうしただろう。はたして私は自然科学などを専攻しただろうか、歴史研究などを目指したかもしれない、などといろいろな思いにも捉われたりする。
これは外国でも事情は共通のものがあるのではないかと思われる。パリやローマなら近代文化の中心地であるからそれほどではないだろうが、アテネ、フィレンツェなどは今でも文化遺産で生きているような街であるから、そこの住民はどんな気分なのだろうか。古い文化と共存するというのは、生活の上で、人生の構築の上で複雑な影響があるものだという感慨を催すのである。

注一、　この僧坊は幕末、新撰組参謀であった伊東甲子太郎が近藤勇などとの意見の相違から脱退して、一時籠った寺で、彼はその後、酒の席におびき出され、一味十数人とともに、新撰組に殺された。

しがない自分

「しがない」という言葉は一種独特の日本語だと思う。外国語にはこんな言葉があるのだろうか。念のため和英辞書でしらべてみると、Poor とか Miserable と出ていた。これはかわいそうな、とか、みじめな、とかいう感じで方向としての意味はまちがってはいないけれど、「しがない」という軽い自虐性とある種のいなせな感じを伴う言葉を、十分に表しているとは思われない。日本語のニュアンスとは程遠い気がする。

私は物理学を専攻したのであるが、古今の偉大な物理学者、あるいは数学者の業績を考えると、本当に自分はしがない研究者だと思う。アインシュタイン、フェルミ、プランク、ラザフォード、ガウス、カントール、ポアンカレ、ゲーデル等々。これらの巨星を考えると、自分は本当に星屑に過ぎない。それでも自分は力の限り、研究に没頭した時期があるにはあった（注一）。論文も一応かなりの数に達して同世代の専門家と比較しても遜色ないかと思ったりはするが、専門家としてはどれもこれもたいした結果にはならなかったということになる。

この差はどこから来るのか。天分の違いだよ、というのは結果論であるが、いろいろなことが考えられる。たまたま選んだ分野のその時の学問的流れ、その中で自らが思いついたアイデアの新奇性の大小、どこかの判断の分岐点で、結果的に大きな宝がないほうに進んでしまった直感力の鈍さ。まあ、研究者の大部分と同じように、それでも社会でその時はある程度の自信を持って学会でも活動し、立場上研究者という職業について生活をし続けることはできた。さしたる業績もあげなかったが、愉快な経験も多かった、というのが実態かなあ、と思ったりする。

植木等の歌に「五万節」という歌があり「学校出てから十余年　今じゃしがないサラリーマン……」と唄われ、「遺憾に存じます」という歌では、「学生時代は優等生　万能選手で人気者　こんな天才今迄見た事ない　とかなんとか云われたもんだが　今じゃ　しがねぇサラリーマン……」と唄われる。作詩はともに青島幸男である。

こういう経験を持った人は沢山、おそらく無数にいるだろう。小さい時、あるいは若い時は、正に井の中の蛙であったのだ。そこで目立っていても上に行けばいくほど、何と自分は平凡な存在なのだろうと思い知らされる。自分程度の人間は掃いて捨てるほど居るのだ。

こんな私を慰めるのは、坂本九の歌「見上げてごらん夜の星を」である。これは永六輔の詩である。ボクらのように名もない星がささやかに幸せを祈っている、という歌詞である。また、中島みゆきが唄う「ヘッドライト・テールライト」の、紛れ散らばる星の名は忘れられても、旅はまだ終わらない、というようなセリフである。

一方で、そんなにしみじみと考えるばかりが人生ではない。ビールを飲みながら友と植木等の歌を心に口ずさむ時には、心から楽しい気分になる。この解放感を伴う喜ばしさは庶民の特権である。

そういう気持ちに陥ったことのない人もいる。例えば、皇族の人々、あるいは名家に生まれた人、もともと華族であった人などは、自分でしがないなどという感覚はまったく味わったことがないのではないか。生れてこのかた、いつも肩が張っているような人生を余儀無くされる。

あるいは社会的に枢要な地位に上った人、有名人になってしまった人たちには決して味わえない心境である。一方、謙虚に考えると、普通の人間で「しがない自分」と思えない人というのはよほど楽天的か、鈍感な人であろう。あるいは自分を客観的に見ることがない、あるいはできない人であろう。

このような状況にあって、しがない存在の自分を認識し、それでも生きることの意義を見出し、何とか生きてゆく。これが実際なのだが、考えて見れば、実はこのような感懐は、一定の枠内での思考に過ぎないと気付く。すなわち、これは自分の社会的な仕事、あるいは社会的存在に関しての意識の問題である。自分の実力、実績、そんなことで自分中心に考えると、正にしがない存在であることは事実である。

そんなこと言ったら、私たちはいったいどうなるの、と世の中の大部分の家庭の主婦は言うであろう。彼女たちの大部分は社会的な仕事などをしているわけではない。しかし、彼女たちはおおいに生きがいを感じて生きている筈である。それが、例えば、育児であり、家庭の幸福であり、夫の仕事への協力である。

そう考えると、しがない自分、というのは、それは人生のほんの一端を示しているに過ぎないことがわかる。それをも含めて、いちばん、こういう気持ちから遠ざかるのは、何か他人のために役だっていると感じた時ではないか。他者への奉仕は、そんなことから離れた生きがいを感じさせるものであって、それが、たとえ小さなことであっても、自分の存在ということに肯定的になれる時ではないかと思う。

私が大学に入学した時の東大総長は茅誠司氏であったが、氏は「小さな親切運動」を唱えた。東大総長ともあろうものがこの程度のことしか言えないのかと、世間は非常に批判的であった。その後「小さな親切、大きなお世話」というようなザレ言も流行ったりした。しかし、今考えると、茅先生は、権威主義に捉われず、まことに良いことを述べておられたと思う。それまでの南原繁、矢内原忠雄の両総長は、内村鑑三の流れをくむ無教会学派であり、政治学、経済学の、外見、経歴ともに偉い人という感じがあったが、茅先生は東大出身でない初めての総長として、それに比べればずっと飾り気がなく庶民的に見えた。しかし、その後の学術会議会長としての活躍など戦後の日本の科学技術の発展に多大な貢献をしたやはり偉い人であった。

私は以前、自著『いつまでも青春』で、人のために尽くして生きるというのは崇高な精神であると書いた。一方、考えて見ると、このような行為は、第一には、結局、そのことによって自己を満足させる、自己実現のためではないかとも思う。制度としての社会主義の実験とその失敗の結果は、人間が総体としては、公共のためというより、基本的に自分自身の欲望の充足のために生きることが自然であることを証明した、と言うことができる。それがあって、次に社会のためになればさらに良いといった順序ではないかと思うのである。

仕事で大いに頑張るというのは、我々が自己実現を目指して頑張ることである、スポーツで頑張る。学問の研究で頑張る。芸術作品の制作で頑張る。芸道の精進で頑張る。自分の業績を積み、会社の発展にも尽くす。これらは自らの個人としての活動を正当化する観点である。

一方、人のために尽くして生きることが、個人の中に閉じた努力と異なるところは、活動の対象が他人であり、その作業が即、直接に対象に利益、救いを与え得るということと思われる。実際に、どんなにささやかなことでも、自らの行為で他人が喜んでくれたりする時の満ちたりた気分というものは、他では得られない比類のないものである。

しかし、個人的努力が、長い目で見て、多くの人に感動を与え生きる喜びを与えていることも確かである。それらがなかったら、文化というものは成り立たない。

こんな風に思考は行ったり来たりするのだが、つまるところ、しがない自分は、なんとか、自己の存在、この世に生まれて生きているという事実を肯定的に考えたいという、やみがたい思いがこんな思考過程を生むのだろう。

よく考えると、しがない自分と自分で考えられるというのは、実はとても幸せなことなのである。

注一、　自分はどれだけやったのかと、一応論文の数を数えて見た。英文の専門雑誌に載った論文の数は、共著者である場合を含めれば、現役の時は英文一一三、和文は二七、定年以後は、講演ばかりやたらに多いが、専門の論文というと、自分の単独名のものに、後輩の指導をしたりして彼らのファーストネームの論文も入れると、英文は一四、和文は、専門ジャーナルへの寄稿はほとんどなく、一般誌での解説、他研究所の研究評価委員としての報告、政府の総合科学技術会議専門委員としての報告などを入れると、今迄に二六であった。

一九世紀の大物理学者、ケルヴィンは約七〇〇篇の論文を書いたと言う。彼は時代は違うし、理論家であるから数は多いということもあるが、それにしても凄い。またフェルミは理論、実験の双方でやることなすこと、多方面に歴史に残る業績をあげた。また論文というのは数でない。数編の論文しか書かなかった人が、画期的な論文を書いた例もある。まあ、こういう人たちに比べると、私の研究者としての記録は全くしがないものであった。

第四章　文学、歌謡曲

二〇世紀の代表的と言われる外国文学

私は文学は、理系の職業を専門とした素人としてはかなり読んでいるつもりではある。もともと文学が好きだったのだが、それでも職業生活の大部分は専門とする物理学の研究に追われ時間がなかったから、読んだものは、どうせ読むならと有名で評価が定まっている作品ばかりであって、文系の多読の人には遠く及ばない。考えて見ると、明治、大正、昭和に至るまで、日本の近代文学は、二葉亭、鷗外、露伴、紅葉、藤村、独歩など一九世紀のものがあるが、彼らに始まってほとんどの有名な文学は二〇世紀のものである（注一）。

ところが、外国文学というと読んだ文学の大部分は一九世紀のものである。ゲーテは一八世紀からまたぐが、スタンダール、バルザック、フローベル、ユーゴー、ディケンズ、ツルゲーネフ、ドストエフスキー、トルストイ等々で、二〇世紀の名作とされるもので、私が読んだことのある長編作品というと、僅かにロマン・ローランの『ジャン・クリストフ』、『魅せられたる魂』、マルタン・デュ・ガールの『チボー家の人々』（この本はあの頃の学生の通過儀礼という批評家もいる）（注二）、D・H・ローレンスの『チャタレイ夫人の恋人』、トーマス・マンの『魔の山』くらいで、あとは中編あるいは短編でジイド、カフカ、ヘッセ、ヘミングウェイ、カミュ、などの数冊の本、スタインベック、マルロー、サガン、バルビュスくらいであろうか。

これらはほとんど若い時に読んだもので、最近はフィクションにほとんど興味を失ってしまい、つくりものなんか所詮、作家の想像によるもので、現実の事実の方がはるかに迫力がある、といった感覚でノンフィクションあるいはドキュメンタリーなものしか読んでいない。しかし、久しぶりに小説を読んでみようかという気になった。いろいろの評論を見ていると、二〇世紀の歴史的に意味の深い二大代表文学は何であろうか、という話があって、それは、マルセル・プルーストの『失われた時を求めて』とジェームス・ジョイスの『ユリシーズ』である、という文章に何度かぶつかった。

私は、今までに読んでみようかなという気持ちになったこともあったが、前者はあまりに長すぎ、後者は難解そうで、今まで敬遠していた。しかし、そういう話なら、死ぬまでに一度は読むべきだと、ついに思い切って読んでみた。

図書館で借りて来たプルーストの本は『失われた時を求めて』（鈴木道彦編訳、集英社、一九九二年）上・下である。この編訳というのは、全体の文章は長いのであるが、その重要な部分だけを載せ、その間を鈴木氏があらすじを解説してつないである、ということであって、掲載した文章としての長さは全体の五分の一強に相当しているとのことである。それでもA五判で注を含めて上巻五七三ページ、下巻は解説、あとがきを含めて同じく五七三ページとなっている。ということは全部の文章は、五〇〇〇ページ以上になるということであろう。岩波文庫では、吉川一義訳で、まだ発行は途中で全一四冊の予定と出ている。

この原作は、一九一三年～二七年までにわたって刊行された長編である。こんなに長い間かかった日本の小説といったら約三〇年かけたといわれる中里介山の『大菩薩峠』くらいしか思い浮かばない。

家族の運命を描いた大河長編小説は『カラマーゾフの兄弟』や『ブッデンブローグ家の人々』などがあるが、この本の題名は、フランス語の本の原題『A la Recherche du Temps Perdu』のその通りの意味なのだが、日本の題名の付け方がなんとなく抒情性にあふれていて文学好きにとっては惹かれるものになっている。

読み始めると、冒頭の「眠りと記憶」というのが、この作品の骨格を示していて、解説によると「無意志的記憶」という言葉が使われている。主人公が若い頃に住んでいたパリから南西に離れたコンブレー（仮名）という街で彼が思い出す種々のことから話が進む。父が高級役人である富裕なブルジョアの一人息子である主人公（私）の独白という形である。家から二つの方向があって、一つが「スワン家の方」もう一つが「ゲルマントの方」となっていて、両方の方角に住んでいる人たちとの交流が描かれるが、それは、ほとんどがフランスの社交界との付き合いである。スワンはユダヤ人で最高の社交界にも出入りしていた男だが、妻はかつて高級娼婦であった。ゲルマント公爵夫人は最高の上流社交界のサロンを主催している。このゲルマント一族には、男爵とか侯爵夫人など多様な貴族が集まっている。

主人公は病身で弱弱しいが、繊細な神経を持ち、これらの人々の間に出入りして、次第にこの世界に深入りして行き、さまざまなる経験をしていく。また、本人は多少同性愛的傾向をも持っているが、アルベルチーヌという娘と仲良くもなりやがて同棲もする。もう一つ、この時代には、有名なドレフュース事件（注三）が起こっていて、反ユダヤ人運動が盛んになっていた。これに対する立場の異なる人たちの反応が詳細に描かれている。以下、筋はいろいろ展開していくのだが、正直言って私には少しもその良さがわからなかった。

主人公がほとんど働かなくて生活できる有閑階級で、いろいろな社交界に出入りし、今日はこちらのサロン、明日はあちらのサロンと、それが生きがいである人間なんて実にくだらない人種だと思った。

そしてそこで出自を誇りながらちゃらちゃらと慇懃な挨拶と他人の噂話で時を過ごしている貴族の婦人連、それに群がりやにさがっている男たち、それらを観察し、あれこれ考えている主人公。どこを見てもどうしようもない世界である。これらのサロンでの活躍地図が第一次世界大戦の勃発で、ガラッと変わり、かつての華やかな連中が没落し、新興の人物連が幅を利かせるようになる。

実際にこれはプルースト自身の人生をかなり反映していて、彼の年譜を見ると、彼は一八七一年に生まれ、父は敬虔なカトリックの家系で、母は富裕なユダヤ人の娘、このカトリックとユダヤ教の双方から影響を受けたことが、作品に常に現れる親ユダヤと反ユダヤのテーマともなっている。彼はパリで育ち、喘息持ちで病弱であったが、一七歳頃から社交界に出入りするようになり、この貴族の閉鎖的なサロンでの長年の観察がこの作品の基本をなしている。パリ大学法学部に居る頃から、すでに作家志望で雑誌に文章を載せていたようだ。彼自身同性愛者で、多くの女性と知り合い結婚まで考えたこともあったが、結局、一九二二年、五一歳で亡くなるまで終生独身であった。彼が同性愛の相手だった秘書の男が事故死したのを受けて、後に、筋書きを主人公と仲良かったアルベルチーヌを死なせるストーリーにした、というようなことが、解説で書かれている。多くの未校正の原稿が残され、これを弟らが整理して二七年に完結刊行となった。

話の筋はあくまでも虚構であるが、年譜と照らし合わせると、彼の数々の類似の経験が、この長編を成立させたことが明らかである。私は上巻は何とか読み終えたが、下巻を丹念に読む気にならず、下巻は編訳者が書いた各章毎の要約だけを読むことで済ませた。こんなことは初めての経験であるが、内容の空虚なことに耐えられなかったからである。最初に本を手にとって全訳でないから、どうしようかと思ったのであるが、この編訳版で良かったと思った。最後は、スワン家のユダヤ人の娘と、ゲルマント公爵夫妻の甥の男女が結ばれるというような筋で、作者は当初から綿密な計算でこの作品を構成した、という解説が書かれていたが、プルースト本人はともかく、こんな作品に一生のエネルギーの大半を費やした日本のフランス文学研究者というのは、私から見れば気の毒としかいいようがない。もっとも、これは全く私の独善的判断であり、その判断は誰にも相手にされない。そうでなければ、こんな長編を翻訳する気持ちにはなれないだろう。またこの作品を二〇世紀の至高の文学だと崇めたてまつる多くの文学研究者がいる。それはそれでとやかく言うほどのことではないのだが、実に人さまざまの感がする。

次に挑戦したのが、ジェームス・ジョイスであるが、読んだ本は『ユリシーズ』(丸谷才一、永川玲二、高松雄一訳、集英社、一九九一年)である。私はかなり以前に、ジョイスの『フィネガンズ・ウェイク(フィネガンの徹夜祭)』を調べたことがある。というのは、素粒子の基礎理論で一九六九年にノーベル物理学賞をとったマレー・ゲルマンが当時の素粒子、陽子、中性子、中間子はクォークでできているというモデルを出したのであるが、なぜクォークと言ったかというと、当時正体不明の粒子の名前を、ジョイスのこの本に出て来る怪鳥の鳴き声からとったということを知ったからである。ゲルマンも随分多彩な趣味を持った物理学者だなあ、と感嘆もしたのだが、その時、この本のクォークという言葉が出てくる記述はここかと確認したのだが、周囲に出てくる文章はおよそ、文学とは思われない奇妙奇天烈なもので充満していた。とても最初から読むような気にはならなかった。それで、ジョイスの本はずっと敬遠していたのであった。

『ユリシーズ』はこれまた長編で、A五版、Ⅰ、Ⅱ、Ⅲ、と三冊になっていて、Ⅰが六一七ページ、Ⅱが六〇六ページ、Ⅲが本文五六三ページ、解説一五三ページと計七二二ページである。解説がこんなに長く書かれた文学というのは、たぶんないのではないかと思われる。それだけで『ユリシーズ』が如何に難解な書かが想像される。だから、翻訳にも三人の英文学者の協力が必要になったのであろう。

ホメロスが書いた古代ギリシャの二大叙事詩が『イーリアス』と『オデュッセイア』の物語で、『イーリアス』はトロイ戦争の叙述であるが、その戦いに勝ったギリシャ側の指導者であったオデュッセウスが帰国するまでの多年の放浪を描いたのが『オデュッセイア』であるのだが、このオデュッセウスの英語名がユリシーズである。もっとも私は少年向きの「ホメロス物語」しか読んでいない（注四）。

ジョイスは首都ダブリンで育ったアイルランド人である。この小説は、ダブリンでの一九〇四年六月十六日の一日を時間ごとに経過する諸々の事柄を追うことで成り立っている。僅か一日のことを約一八〇〇ページにわたって書いたこと自体まことに普通の文学と異なっている。そしてこの事柄をことさらにユリシーズが経験した一〇年以上の放浪の旅と対応させているというのだが、その対応については、説明で一通りのことは書かれているが、作品の構成上はあまり意味のあることとは思われない。ただ、それによって作者が一応の骨格を作るのに、役だったことは事実であろう。

実際に、この本も一九一四年の書き出しから完成発行の一九二二年まで、即ち第一挿話「テレマコス」から第一八挿話「ペネロペイア」まで、完成に八年かかっている労作である（注五）。

あらすじは、文学青年のスティーヴンと、新聞社の広告取りでユダヤ人の血をひくブルームの朝からの行動が独立に書かれていて、スティーヴンは酒場でシェクスピアの『ハムレット』の解釈を巡って弁舌をぶち、ブルームは葬式に行ったり、病院に行ったり、その間に妻の浮気の疑惑に悶々としながらもそれを期待する複雑な心境、二人が飲み屋で遭遇し、また分かれる。また、その間にブルームの妻でスペイン生れ、ソプラノ歌手のモリーが、自宅で言い寄る男と密通する、というのが一応の流れである。まあ、こういう筋はどうでもいいのだが、問題は、この作品で書かれた、夥しい数の駄洒落・パロディ・引用などを含む文章にある。ほんの一端を示すと、最初の挿話の中でスティーヴンと海辺にある塔でともに住んでいる友人マリガンが朝、海を眺めながらスティーヴンに話す文章、

海はまさしくアルジーの言う通り、大いなるやさしい母じゃないか。青っぱな緑の海。きんたまを引き締める海。「葡萄酒イロノ海ニ」だ。なあ、ディーダラス、ギリシャ人はなあ。おまえに教えてやらなくちゃ。原文で読んでみろよ。「海だ！海だ」海はわれらのやさしい母なんだよ。まあ、来て見ろ。
（Ｉ巻　一七ページ）

ここで、脚注によると、アルジーというのはギリシャ古典を愛した一九世紀の耽美詩人、「葡萄酒イロノ海ニ」は原文はギリシャ語で書かれているようだが、ホメロスの『イーリアス』、『オデュッセイア』の各所で出て来る言葉、ディーダラスというのはスティーヴンの姓名であるが、ギリシャ説話の工匠ダイダロスを英語化したもの。「海だ！海だ」は同じくギリシャ語でクセノフォン（ソクラテスの弟子で軍人、著述家）の『アナバシス』第四巻第七章で、海を見た兵士たちが叫ぶ言葉だと言う。こんなにい

ちいちいわくのある言葉が続くのだから、これを気にしながら読んだら、I巻だけでも六〇〇ページ以上あるのだから、精読したらそれだけで何ヶ月もかかるであろう。

スティーヴンにしろブルームにしろ、ダブリンの街の周囲を眺め、人々の様子を観察しながらふらふら歩いている間にも、頭に去来するさまざまなる想念、あるいは妄想のたぐい、それで口走る会話のかずかずに、ジョイスは、彼の歴史、文学についての博識を示す、あらん限りの表現を叩きこんでいる。

もう一つジョイスの文章の調子を示したい。スティーヴンが人間の意識と外界の関係を考えながらダブリンの街を歩く。第三挿話「プロテウス」の最初の部分である。各々の脚注はもっと長いのだが、都合上その一部だけを括弧に入れて示すことにする。

目に見える世界という避けようのない様態。ほかはともかく、それだけはこの目を通して考えたもの。ぼくはここであらゆる物のさまざまな署名を読み取らねばならない。魚の卵、浜辺の海草……。色分けした記号。透明なものの限界だ。でも、彼はつけ足しているぞ、物体における、と（彼とはアリストテレスのこと。『霊魂論』や『自然学小論集』で透明なものの限界について論じた）。それなら、物体の色より先に物体そのものに気がついていたことになる。どうやって？そりゃ物体におつむをぶっつけて、だろうさ。気をつけなよ。禿頭でおまけに百万長者だったからな（中世の俗説だが、アリストテレスの遺言を見ても貧困でなかった。禿頭であったかどうかはわからない。『ギリシャ哲学者列伝』所収）。「これらの物知る人々の師」は（イタリア語、ダンテ『神曲』の「地獄篇」より、アリストテレスのこと）、物体における透明なものの限界。なぜ、おける、なんだろう。透明な……。
スティーヴンは目を閉じて、……そう、いちどきに一歩ずつ。ほんのわずかな時間のあいだ、ほんのわずかな空間を通り抜けている。五歩、六歩。「順次に連続するもの」か（ドイツ語、一八世紀、文学者レッシングは批評『ラオコーン』で論じた）。まさにその通り。……目をあけろ。いやだ。まっぴらだ！　もしも岩盤に覆いかぶさり海に突き出る崖から落っこちたら（『ハムレット』一幕四場）、「同時に並列するもの」（ドイツ語、同じくレッシングから）を通り抜けて避けようもなく落っこちたらどうする。……固い音がするぞ。「造物主ロス」の木槌の響きさ（ブレイクの神話体系『予言の書』に登場する想像力の象徴）。ぼくはいま、サンディマウントを歩いて永遠のなかへはいって行くのかしら？　ぐしゃり、ぴしり、ぱしゃり、ぱしゃり。

（Ⅰ巻　九五～九六ページ）

こんな感じでとりとめのない文章が、延々と続くのだから、読む方はたまらない。もちろん、このような引用は私などは知らないことばかりとも言えるのだが、平均すれば、たぶん一〇行内外に一つは必ず注釈がある。これだけ注釈の多い文学というのは読んだことがない。この例には含まれないが、数々の語呂合わせなど、たぶん原文の英語を直接読めば、はるかにその面白さが深く味わえるのであろうし、そのための注釈が脚注に何百と出ているのだが、それを丹念に読んでいたのでは、流れがつかめないのでほとんどを見逃して進むしかない。原文の調子をできるだけ再現するように、日本語で翻訳するのも、言葉の選択から始まって、数多くの擬音、べらんめい調の採用など、原文の雰囲気をできるだけとりいれようとさぞ大変だったろうと想像もする。翻訳者は数限りないこのような調査がそれだけで面白くてたまらなかったのかもしれないが、門外漢からすると、まことに御苦労な努力で、他人の作品の後追いでこんなことに人生のかなりの部分を費やした人たちはまことに気の毒という感もする。ジョイス学という言葉もあるようだ。

丸谷才一氏は解説で、その例をいくつも載せている。例えば、「Madam, I'm Adam. And Able was I ere I saw Elba.」というのは第七挿話に出ていたらしい。これは二つとも逆に読んでも同じ文章だというのである。この手の表現の面白さというのを存分に味わうのが、どうもこの作品を鑑賞する重要な要素であることになるのだろう。丸谷氏は「言語遊戯によるカテドラルのような長編小説」という表現を使っている。

ジョイスは恐ろしく衒学的な作家と見て間違いないが、それに腹を立てている閑もない程の、言葉の氾濫の文章が続く。そして、この作品を読んだT・S・エリオットを始めとする多くの文学者が、モダニズム文学（注六）の最高傑作と称賛したとのことである。それが今日の「二〇世紀の二大文学の一つ」というある種の人たちの評価につながっているのだろう。

私は、一応、Ⅰ巻は読み通したのだが、Ⅱ巻、Ⅲ巻は、各章の巻頭にある筋書きのあらましを述べた文章を読むだけで、これまたおしまいとした。要は、よくわからない、素人には、乱雑にしか思われないような語句の羅列、言葉遊びや駄洒落としか思われない文章を延延と続けて読んで行く煩雑さに、いちいち忠実にフォローするのが、馬鹿馬鹿しくなったからである。第一五挿話「キルケ」（注七）では、ブルームが酒場で泥酔したスティーヴンを気遣いながらも夜の街で彼を見失い、電車に轢かれそうになり、幻覚状態に陥り、そこから彼の夢幻劇が展開され、戯曲体の文章がなんと三七四ページも続いて書かれている。幻覚状態になったと仮定すれば、何でもでたらめが書け、作者のこれまた勝手な文章が続いているのだろう。とても読む気がしなかった。

ただ、最後だけはどうなるのかなと、最終章の「ペネロペイア」だけはちょっと覗いたのであるが、これが、ブルームが帰って来た後の、時刻午前二時となっていて、昼間に情事を経た妻モリーが、頭と足の方向が逆に寝ているブルームを隣りにして、自分の人生、幾人かの恋人、ブルームとのいきさつ、さまざまなる情事の思い出による性的満足などを次々に思い出す記憶が書かれて、切れ目がなく句読点の一切ない文章が、一〇九ページ続く。その内容は、ジョイスが考えた、動物的本能だけで生きているような女のあられもない想像しうる限りの下品な性的欲望をこれでもか、これでもかというくらいにだらだら書いていて、その上彼女の月経がきたとか放尿の様子なども書かれ、とてもまともに読む気もしないもので、いいかげんにしか見なかったが、こんなことにことさら興味を持ち続ける女はたぶん居ないだろうと思うし、これは男の醜悪な妄想で、それを書くのが本来の目的であったのだろう。

これは、訳者の解説によると、貞淑でオデュッセウスの不在中、あまた言い寄る求婚者を、賢いアイデアで退けて来たペネロペイアが、実は不貞であったという伝説もあって、モリーはその両面を併せ持っているということを示していると書かれている。まあ、こういうそれまでにない文体といい、歴史ののひねった解釈を採りあげたことといい、ややこしい作者ではある。

私は、ジョイスが今までにあまりなかったそういう試みをした新規性は認めるのだが、結局、作品それ自体がどうか、ということになると、作者のこれみよがしに学識をひけらかすペダンティズムと、ふざけすぎ、女を色情にしか興味のない人間としてしか見ない記述が全く好きになれなかった。これは多くの人がそうなのではないかと思う。特に女性が読んだら、へどが出ると言いたくなる類の小説であり、これを読み通す女性など、まず居ないだろうと思う。英文学の専門家以外あまりこの本を議論したものには出会ったことがない。

解説は、訳者の三氏、丸谷才一氏の「巨大な砂時計のくびれの箇所」、永川玲二氏の「ダブリン気質」、高松雄一氏の「ワイルドとその後」、および結城英雄氏の「ユリシーズについて」と「ジェームス・ジョイスの生涯」という、いずれも興味深い記述があって、こちらはとても面白く全て読み通した。

文芸批評家としても、晩年存在感を示した丸谷才一氏は、解説でそもそも文学の成立は歴史的に、一つは言葉遊びから始まったということを書いている。この作品の先達者としてラブレーの『ガルガンチュア』やセルバンテスの『ドン・キホーテ』をあげているが、『ユリシーズ』におけるその技術のさまざまなる特質を列挙し、ジョイスは、いたずらの名手、言葉によるトリックスターにしか書けない、途方もなく花やかな無駄口の壮大きわまる組み合わせによって我々読者を驚かせる、と述べている。

歴史的に彼の直前の小説の方法、ハーディの『テス』などのまじめくさった辛気くさい書き方をからかうためのように猥雑な現実を無遠慮にぶちこみ、闇汁（注八）のような長編小説を書いたとも述べている。さらには文章の中によくわからないクイズを提出して多くのジョイス学者をとまどわせ、そのことを今もって追求している人もいるらしい。

ジョイスは語学の異常な才能があったらしく、その文章は、注釈の引用を見ると、英語、ゲール語（アイルランドの元々の言語）、ギリシャ語、イタリア語、ラテン語、スペイン語、（ドイツ語）などを縦横無尽に読みかつ使いこなした作品となっているらしい。だから翻訳者も大変だったと思われる。

結城英雄氏の「ジェームス・ジョイスの生涯」によると、ジョイスは、一八八二年生まれ、プルーストとは異なり、父は当初収税吏として十分なる収入があったが、やがて失職し彼は貧困な家庭の子弟のためのクリスチャン校に通学するが、十一歳でコンミー神父（第一〇挿話「さまよう岩々」で、ダブリンの生活を描写する数々の描写の中に出て来る）の助力で、弟と一緒にダブリン市内の名門校に入学する。彼はここで頭角を現し、作文でずばぬけた才能を現し、奨学金を何度も与えられたという。やがてカトリック系の大学ユニバーシティ・カレッジ・ダブリン（注九）に進学し、イプセンに傾倒した。

その後、一九〇二年、大学を卒業し王立大学医学校に行くも、パリに移住を決意し、ダブリンにもしばしば帰るが、読書と執筆に日々を送るようになる。それからいろいろなことがあるが（例えば『ユリシーズ』の物語の展開する設定日、一九〇四年六月十六日はジョイス自身が妻になるノーラとの記念すべき初めての逢引きをした日だそうである。作品にはこのような仕掛けがあちらこちらにあるようだ）、一九〇五年から当時のオーストリア・ハンガリー帝国領であったトリエステの語学学校であるベルリッツ校で教師をしながら、『ダブリンの市民』、『若い芸術家の肖像』などの著作をし、トリエステでは十年間過ごし、子供も二人生れた。

そして、一九一四年、三二歳になって『ユリシーズ』に着手した。だから、『ユリシーズ』は故郷ダブリンに対する強い郷愁の思いで、外国での生活下に書かれたものである。そして彼は二度とダブリンに帰ることはなかった。二〇年にパリに移住し、以後一家はそこで二〇年暮らすが、彼はすっかり有名人になっていたとのことである。手淫、性器の隠語、セックスへの妄想、子宮の中へ射精といった類の表現があるためであろう、出版するまでにいくつもの出版社から拒否されたり、アメリカで連載途中で検閲で没収されたり、告訴されたりして、一九二一年、ニューヨークでは猥褻との判決が下された。一方で、出版を受け入れる編集者も現れ、二二年についに完成したのであるが、T・S・エリオットのように賞賛するものもいれば、ヴァージニア・ウルフのように敵意を示す人もいた。女性としては当然であろうし、私もどちらかと言えば彼女に同意する側である。大衆はもっぱら猥褻の判決に興味を示したというのは、日本でも戦後いくつかの類似の現象があったから、いつの世でも似たようなことだなあ、と思わせる。

その後彼は『フィネガンズ・ウェイク』に着手したのだが、これがまた、一九二二年から三九年まで一七年余りかけて書いた作品だそうである。この間、彼は眼病が進み、娘が精神分裂病となり、第二次世界大戦が勃発したため、その娘をフランスの精神病院に入院させたまま、チューリッヒに避難するが、到着してまもなく十二指腸潰瘍穿孔で、一九四一年五八歳で死去した。

永川玲二氏の「ダブリン気質」は私には新しい知識を得たものとして非常に面白かった。アイルランド人の先祖にあたるケルト族は、小アジアから北アフリカ経由でイベリア半島に行き、さらに北に進んでアイルランドに定住した。そんなことでスペイン人とアイルランド人は共通性を持つと、ジョイスと同時代のスペイン人サルバドール・マダリヤーガ（注一〇）が指摘しているとのことである。それは「不条理との親近感」で、彼は『ドン・キホーテ』のセルバンテスをあげて説明しているそうだが、永川氏はこれに『ガリヴァー旅行記』のスウィフト、『フィネガンズ・ウェイク』のジョイス、『ゴドーを待ちながら』のベケットを追加している。スペイン語とアイルランドのゲール語とでは、動詞にも共通の構造的共通点があるとのことである。

アイリッシュ・ブルというのは、人の意表をつく警句のことで、例えば街頭で殴り合っている二人の男のそばにいって「やめなさいよ、そんなみっともない喧嘩は」でなく「お二人だけの勝負ですか？　飛び入りしてもいいんですか？」というのが独特のひねりを利かしたレトリックであると説明されている。そう言えば、アイルランド人の批評家バーナード・ショウが、美貌の女優から「私とあなたが結婚すれば、あなたの素晴らしい頭脳と、美しい子供が生まれるでしょう」と言われて「そうですね。私の貧弱な身体を持ち、おつむの空っぽな子供ができるかもしれません」と答えたという有名な話があるのを思い出した。

なぜ、このような逆説的、不条理な表現が彼らに育ったのだろう。ゲルマン的、アングロサクソン的な客観性とは異なる性格、これを永川氏は、自分の心の外側にある社会や現実を信じない、それに対抗するために、自己中心的な奔放な角だけを武器にするラテン的な個人中心主義と述べている。こんなことでは、科学は育たないと思う。考えて見ると、確かにアイルランドは多くの文学者を生んでいるが、有名な科学者というのは聞いたことがない。

アイルランドの歴史は多事多難である。五世紀の宣教師聖パトリックに始まるカトリック布教の頃は、良かったのであるが、九世紀からのスカンジナビアからのヴァイキング、一二世紀にイングランドからのヘンリー二世、一六世紀にヘンリー八世と次々に責められて、それらに対する数々の抵抗。

一時はローマン・カトリック一色の土地であったのが、イギリス国教会などの流れから、とりわけ一七世紀、アイルランド全土征服をめざしたクロムウェルはカトリックの住民を無差別に虐殺したことなどから、プロテスタントの支配体制が確立したという。この頃に活躍したのが、ジョナサン・スウィフトで、彼はロンドンから移住し故郷のダブリンで司祭の職にあって『ガリヴァー旅行記』を書いた。

もう一つ重要なのが、一八四〇年代の五年続いた有名なポテト大飢饉である。多くの人々がアメリカに移住し、ニューヨークやシカゴでは貧民街にアイリッシュがあふれたが、アイルランドの人口は約九〇〇万人から六五〇〇万人にまで減少したという。やがて、アイルランド自治運動が燃え上がるのだが、保守のトーリ党はあらゆる手段、陰謀を用いて、この運動を阻止しようとした。この頃、ジョイスはこういう雰囲気の中に少年期を過ごしたのである。これらの家庭内でも対立が起こる険悪な空気は彼の『若い芸術家の肖像』に書かれているとのことである。ジョイスはその頃は、独立運動にも激しい共感を示していたのだが、やがて宗教や政治に対しては懐疑的になり、文学と芸術に集中するようになったということである。

高松雄一氏の「ワイルドとその後」はアイルランドの生んだ作家であるオスカー・ワイルドの批評家としての活動と、それを巡ってのいろいろな分析が書かれている。モダニズムの文学者は、多かれ少なかれ、ワイルドの強い影響を受けている、いわばワイルドの子である、と書かれていて、ジョイスだけは、違っていたというのが高松氏の言いたいことのようだが、私はワイルドについては作品『サロメ』しか知らないし、他の関連する前衛運動の人たちの作品も読んだことがないのでよくわからなかった。

ただ、その中で、イェーツの詩「一九一六年復活祭」についての記述で、その年の復活祭翌日の四月二四日ダブリンで僅か一七〇〇余名による武装蜂起が起こり、アイルランド共和国予備政府の樹立が宣言され、それが第一次世界大戦でドイツと戦っていたイギリス政府になんなく鎮圧され、一五人の指導者は銃殺された。しかし、これがきっかけとなって一九二二年一月にアイルランドは独立を果たした、という記述が記憶に残った。というのは、この間、ジョイスはずっとトリエステに居て、蜂起の起こった年には既に『ユリシーズ』の執筆を開始していたことになる。このような事件、事実に対して彼がどういう気持ちを持ったであろうか、ということはどれにも書かれていないのでわからない。

結局、プルースト、ジョイスの作品双方とも、私は本文を最後まで読了することを放棄したのだが、私自身としては、その特質に対しては一応の感触を得たので、これで十分と思っている。このように、文学というものが従来の読みやすいものと違って、非常に意味のわかりづらいものが、代表的な作品であると専門家の間で言われているということは、文学の方法論というものが、かなり行き詰まっていることを示しているのではないか、と感じた。

モダニズム文学というものは、後世多大な影響を与えたとも言われるが、一部の好事家にはそう見えても、大衆に容易に理解されないものが、歴史的に意味あるものとして残るであろうか。

手法としてのプルーストの「無意志的記憶」、ジョイスの「意識の流れ」による記述などが、新しい方法論と、言われているようだが、個人的にはまず文学は面白く読み、ある種の感動をもたらすものでなければ意味がないと思う。それは、浪漫的な英雄、ヒロインの物語でなければ、というような狭いものではない。例えば、正岡子規の『仰臥漫録』のように、死を目前にした毎日の食事、身体状態、迫りくる苦しさを日記に書きつけたような文章でも、死に対し人間はこんな気持ちで日を送るのかと、言いしれぬ印象をもたらす文章もあるのだ。

専門家がいかに評価しようとも、私の最終的感想は、次のようなものになった。前者は退廃した社交界を扱いそれに振り回される病的な作者の退屈な作品であり、後者は博学であるが、これ以上ないかと思うような男の猥雑な精神を書きあげたゲテモノ作品であるということである。両方とも、作者は高度な心理分析家かもしれないが、その精神性は貧しいと考えられ、こんなものは、決して後世にも人々が愛読する作品とはならないだろう。

このあと、文芸としては「ポストモダン」という運動がおこり、また歴史的なものへの回帰という動きも起こったということである。まあ、専門家としては常に何か新しいものを追求しなければ、という精神は当然であるとも感じるが、美術、音楽、その他何でも芸術は同じであるが、彼らもつらいところでもあろう。

考えてみれば、西洋の文学というものは、若い頃に何としても外国のことを知りたいという好奇心に駆られ、読んでいる最中には面白く熱中し、日本人にない多くの文化、人々の行動、こんな感性や考え方もあるのかと、目を開かされた。芸術として鑑賞するにしても、それ相応のことがあり、自らの知識、感性も磨かれたように思うのだが、今までに自分の生き方として非常に影響を受けたかということになると、そういう意味では、何か限界があるようにも感じる。やはり、私が感覚的にぴったりとくるのは、日本人が書いた作品であり、少なくとも私にとっては、西洋文学は楽しんだけれども、所詮、物語りという以上のものにはならなかったのではないか、という気もするのである。

私の読んだ作品は、多くは代表的名作と言われたものばかりである。もちろん、一方では、世に評判の作品、出版社によって大きく宣伝されている新作というのは国内外を問わず絶えず出ているのだが、新作もので人間の意識を変えるような作品、この歳でそれに時間を費やす気がするものというのは、ほとんどない。大部分が若者向きであり、実際、その人気というものは、たいてい一、二年で跡形もなくなる。だから、私の文学に対する読書のやり方は、はなはだ保守的なのかもしれないが、今までのように、やはり時を経た作品にもっぱら偏ることになる。

その後、ややあって、私は、二〇世紀以降に話題になった外国文学でいくつか読みたいと思ったものを読んでみた。一つはジョイスと同じアイルランド人であるサミュエル・ベケットの『ゴドーを待ちながら』（安堂信也・高橋康也訳、白水社、一九九〇年）であった。これは舞台で何度も演じられたものであるが、加藤周一氏も述べているように読んでみても何が言いたいのか、さっぱりわからないものであった。

それから、あまり知識のよりどころがないので、特に世紀後半のノーベル文学賞を受賞された作家の作品を調べそれぞれ選んで、一ヶ月半くらいの間に、五人の文学者の作品を読んでみた。それらは、一つはスペイン、ポルトガル、南米などのラテン系文学である。ガブリエル・ガルシア＝マルケスの『百年の孤独』（鼓直訳、新潮社、一九九九年）、カミーロ・ホセ・セラの『二人の死者のためのマズルカ』（有本紀明、講談社、一九九八年）、ジョゼ・サラマーゴの『白の闇』（雨沢泰訳、日本放送協会、二〇〇一年）である。

それから、イスラム系の国の二人の作家、ナギーブ・マフフーズの『バイナル・カスライン』（塙治夫訳、河出書房新社、一九八八年）およびオルハン・パムクの『新しい人生』（安達智英子訳、藤原書店、二〇一〇年）であった。これらは大部分は今迄に全く読んだことのない国の文学者の作品であった。

順番に記すと、コロンビア、スペイン、ポルトガル、エジプト、トルコである。いずれもかなりの長編ではあるが気楽な気分で読んだ。現代外国文学で評判のものがどんなものかという観点であった。いずれも作者は一九八二年〜二〇〇六年までにノーベル文学賞を受賞している。

これらの作品の簡単な読後感を記してみる。

『百年の孤独』は、怒涛のような文章で、コロンビアの内戦と建国当時の地方の一家系の三代にわたる変転を荒っぽい文章で叙述してあるが、そこに書かれた内容は、いかにもラテン系のたぶんに原始的な人たちの生活感覚を感じた。男たちは闘争にあけくれ、女たちは食事つくりと子供を産むことにのみ興味があるといった趣である。『二人の死者のためのマズルカ』は、題名とは裏腹に、誰が主人公なのかはっきりしない、という点でユニークな構成、独特の文章であるが、これは、また何を言いたいのか作者の意図がついにわからなかった。両者とも日本人とはおよそ異なる感性の人々の生活、行動が私にとってはなじまないものを感じた。

『白の闇』は話の筋の展開が完全に虚構であるが非常に面白く、三つの中では、作者の現代的知性を最も強く感じた。記述も前二者とは違って落ち着いている。これは、人々が盲目になってしまう流行性の病気になる事態の招来を描いていて、それは現代における人々が陥いるある種の状態を寓意していて、鋭い現代批判となっていると思われ、傑作だなと感じた。

マフフーズの作品の題名は、カイロの古い大通りの名前であるが、前近代のイスラム世界、男尊女卑の家父長制の封建的な家族の生活を描いている。ほとんどの女は家から一歩も出ず、男から眺められることもないように用心した生活をしている。特にイスラム教におけるアッラーの神に対する人々の感じ方、思い方というものは、生活上こういうものかと初めて実感した。ともかく万能の神であって、良きことも悲しいこともすべてアッラーの思し召しであると思っているらしい。

パムクの小説は、政治的スリラー仕立てであるが、ウェルテルのイスラム版といった青春ものである。エジプト、トルコはともに純然たる観光で訪れたことがあるので、いくばくかの親しみは持ったが、読んだ限りでは、もはや風俗として物語を淡々と読むという感じで、若い頃のようにあらすじや主人公の気持ちに熱中するような気にもならなかったのは、私が年取ったからであろう。

総じて、こういう虚構によるストーリー本位の文学というものは、やはり若い時に読むものであるなあとつくづく感じた。

注一、　調べて見ると、二〇世紀以前の作品は、二葉亭四迷の『浮雲』が一八八九年、森鷗外の『舞姫』が一八九〇年、幸田露伴の『五重塔』が一八九二年、尾崎紅葉の『金色夜叉』と島崎藤村の『若菜集』が一八九七年、国木田独歩の『武蔵野』が一八九八年で、それ以外の有名な小説は、ほとんど二〇世紀に入ってから出版されている。

注二、　『本のちょっとの話』（川本三郎著、新書館、二〇〇〇年）

注三、　フランスのユダヤ人大尉であるドレフュースがスパイ容疑で逮捕され、後にエミール・ゾラの運動などで、冤罪であることが明らかにされ無罪になった事件。

注四、　小学生の時で、世界名作全集（四〇）『ホメロス物語』（原作ホメロス、本間久雄著、講談社、一九五二年）。第一部「イーリアス」、第二部「オデュセイア」となっている。

注五、　テレマコスはオデュッセウスの息子、ペネロペイアはオデュッセウスの妻。ペネロペイアはオデュッセウスの不在中、絶えず編み物をしていて、並みいる求婚者に対して、この編み物が終わったら要求を受けると言い、夜になると編み物をほどいてひたすらオデュッセウスの帰国を待った。

注六、　一九二〇年前後に起こった前衛運動を指す。都市生活を背景にし、伝統を否定した文学運動。ヨーロッパでは第一次世界大戦後のイギリスを中心に起こった。ジェームズ・ジョイス、T・S・エリオット、ヴァージニア・ウルフ、エズラ・パウンド、ウィリアム・イェーツなど。フランス文学では、プルースト、ジイド、ヴァレリーらが代表的なモダニズムの作家・詩人である、とのこと。

注七、　『オデュセイア』に現れる魔女の名、いったんオデュッセウスの部下を、魔法で豚にしてしまう。

注八、　暗闇で、各人が持参した食事の材料を鍋にぶち込み、何を入れたかわからないままに煮て、皆で明るいところで賞味する。むかし若い青年たちの間ではやったという話である。

注九、　アイルランド最大の国立大学で、私は、一九九九年ここで開催された国際放射線生物学会に出席、研究発表をしたことがある。

注一〇、スペインの作家、外交官。国際連盟代表や駐米大使を歴任、内乱後は亡命して、スペイン文化の特質を論じた著作を多数執筆した。主著は『スペイン』（一九三〇年）（ブリタニカ国際大百科事典による）。

昭和歌謡曲の偉大な作曲家

以前、私は作曲家として、古関裕而氏を天才として書いたことがある(自著『思いつくままに』(丸善プラネット、二〇一一年)内、「天才・古関裕而および阿久悠」)。何と言っても彼の作曲のバライティーの広さに感嘆するのである。それに加えてさらに昭和の歌謡曲、作曲家を三人あげよ、と言えば、以下にあげる国民栄誉賞を受賞した三人であろう。たぶんこれはかなり衆目の一致するところではないかと思う。これに遠藤実、船村徹と言ったところが次の世代になる。

古賀政男(一九〇四年~一九七八年)

古賀政男は、明治大学マンドリンクラブを友達とともに立ち上げた時から本当に音楽の虫であったという。彼の作った曲は五〇〇〇曲とも言われている。これは五〇年間と考えると平均で年間一〇〇曲、三日あるいは四日に一曲という途方もない数である。

私の住んでいる渋谷区の上原に古賀政男音楽博物館がある。ある日、私はそこに見学に出掛けた。そこは彼が邸宅を構えた跡地にできた建物で、係員に聞いて見ると約一〇〇〇平方メートルあり、もともとの彼の家の敷地は三倍くらいあったというから、大変な豪邸であったわけである。中に入ると、外見が和風である家の写真もあるが、いろいろな部屋が移築されている。作曲に励んだ洋風の部屋、十畳と六畳の踊りの稽古にも使ったという和室、彼の愛用したグランドピアノが置かれ、マンドリン、ギターなども飾られていた。彼の場合、いわゆる古賀メロディーと言われて、日本風というか哀調を帯びた曲というのに、幾多の代表曲がある。「影を慕いて」、「酒は涙か溜息か」とか、「湯の町エレジー」、「悲しい酒」といった曲である。

中でも最初の「影を慕いて」は、昭和六年、彼が学生時代に、作詩、作曲したもので、解説を読むと、やるせない失恋の経験などで、宮城県に旅行した時、発想したという。「まぼろしの影を慕いて　雨に日に　月にやるせぬ　わが想い　……」という曲はヒットして映画化もされたようだ。

しかし、その後、大ヒットしたのは、一転して明るい「丘を越えて」であって、これも在学中に発想した曲だそうで、これらは彼の無類の幅の広さを示している。この手の曲は「東京ラプソディ」、「二人は若い」、戦後の「東京五輪音頭」に連なる系譜である。

音楽博物館
入場券

古賀政男
音楽博物館

また、彼は、一見ユーモラスな曲もたくさん作っている。「ああそれなのに」、「トンコ節」、「こんなベッピン見たことない」といった具合である、また、丹念に見て行くと、戦中には、軍歌も作っている。昭和一七年「陥したぞシンガポール」とか、昭和一九年「女子挺身隊の歌」、昭和二〇年「勝利の進軍」などである。音楽家が戦争が好きであった筈はないから、作らされたというべきであろうか。それは歌った歌手も同じ思いであったのではないか。

また、各地から頼まれたのであろう。御当地ソングというのも随分作っているが、これらはいずれもたいしたヒットにはならなかったようだ。その中で唯一「無法松の一生」は名曲で、これは彼の生地に近い。なぜなら彼の生れは福岡県大川市である。幼い時に父を亡くし、朝鮮の京城の商業学校を卒業し、大阪に戻って奉公に出たが、音楽への想いがつのり一八歳で単身上京した。苦学して明治大学に入学したという。

学生時代から、好きな音楽に熱中し、卒業後すぐに専門家として立つことを決心してあとは一直線であったのだから、迷いのない人生を送った人と言えるであろう。

広い会場ではいろいろな資料が展示され、イヤホーンで曲が聞ける装置がいくつもあり、年取った何人もの人たちが静かに熱心に耳を傾けていた。

彼の曲を調べて見ると、私がカラオケだったら唄えそうな、つまりいい加減だがメロディーを知っている曲はと言うと、三〇曲にも満たないが以下のようだった。

戦前から戦後にかけて、まず藤山一郎の唄がある。東京芸大時代はオペラ歌手を目指し、首席で卒業したが、背が低いのであきらめて歌謡歌手に転向した彼は、あくまでも楷書の歌手だった。彼に本当にふさわしい曲と言えば、ラジオ時代の「今週の明星」、「ラジオ体操の歌」もあったが、古賀政男は「影を慕いて」、「丘を越えて」、「酒は涙か溜息か」、「東京ラプソディ」、「男の純情」、「青い背広で」を作曲している。それ以外の歌手では、美ち奴の「ああそれなのに」、ダンディ男で鳴らしたディック・ミネの「二人は若い」、「人生の並木路」、ミスコロンビア松原操と結婚した霧島昇の「誰か故郷を想わざる」、彼女と共に歌った「三百六十五夜」、近江俊郎の「湯の町エレジー」、奈良光枝の「赤い靴のタンゴ」、久保幸江の「トンコ節」、美人歌手の高峰三枝子の「南の花嫁さん」、津村謙の「待ちましょう」、神楽坂はん子の「ゲイシャ・ワルツ」、「こんなベッピン見たことない」、島倉千代子の「りんどう峠」、小坂一也の「青春サイクリング」、村田英雄の「人生劇場」、「無法松の一生」、三波春夫の「東京五輪音頭」、美空ひばりの「柔」、同じく「悲しい酒」、それに彼の母校の明治大学の応援歌、「紫紺の歌」といったところだろうか。死後直ぐに国民栄誉賞を授与された。

服部良一（一九〇七年～一九九三年）

彼は西洋のクラシック音楽の演奏家の出身である。彼の経歴を調べて見ると、大阪の小学生の頃から音楽の才能を発揮したが、商人になるためと、昼は働き夜は商業学校に通うという日々を送ったという。彼は姉の勧めで、好きな音楽をやりながら給金がもらえる少年音楽隊に一番の成績で入隊した。フルートで著しく進歩を見せたが、その二年後に、第一次世界大戦後の不景気もあって音楽隊は解散してしまう。

その後ラジオ放送用に結成された大阪フィルハーモニック・オーケストラに入団。フルートを担当していたがここで指揮者を務めていた亡命の音楽家メッテルに見いだされ、彼から四年にわたって音楽理論・作曲・指揮の指導を受けた。オーケストラの傍らジャズ喫茶でピアノを弾いていた。昭和に入ると服部は、レコード会社の仕事をするようになった。

一九三三年（昭和八年）彼はディック・ミネの助言もあり、上京して人形町のダンスホール「ユニオン」のバンドにサクソフォン奏者として加わった。三年後にコロムビアの専属作曲家となった。

やがて、ソプラノで昭和モダンの哀愁を歌う淡谷のり子が、服部の意向を汲みアルトの音域で歌唱した『別れのブルース』で一流の作曲家の仲間入りを果たす。

若き頃の服部良一氏

戦前は上海交響楽団でクラシックの指揮も行い、第二次世界大戦後は、戦前に実験済みだったブギのリズムを取り入れ、笠置シヅ子の「東京ブギウギ」などをヒットさせた。ビクターでは灰田勝彦が歌った「東京の屋根の下」など甘く洒落た曲もある。

私が知っている曲を列挙してみよう。これは古賀政男ほど多くはない。淡谷のり子の「別れのブルース」、「雨のブルース」、渡辺はま子の「蘇州夜曲」、霧島昇の「一杯のコーヒーから」、高峰三枝子の「湖畔の宿」、笠置シヅ子の「東京ブギウギ」、市丸の「三味線ブギウギ」、藤山一郎の「丘は花ざかり」、「山のかなたに」、藤山一郎・奈良光枝の「青い山脈」、灰田勝彦の「東京の屋根の下」、高峰秀子の「銀座カンカン娘」、二葉あき子の「夜のプラットホーム」。

この中で私が特に好きな曲は、歴史的な意味もある「蘇州夜曲」である。歌詞があの名作詞家である西条八十、歌う渡辺はま子の品格がこの上もない。私は二〇〇〇年に、妻と末娘（彼女は成田空港からサンダル履きであったので我々は吃驚した）を連れて中国観光に行き、揚子江のすぐ南にあり水の都と言われる蘇州に行って寒山寺にも行った。ここはあの森鷗外の作品『寒山拾得』で有名な唐の時代の寒山が庵を結んだという寺で、そこにはこれも有名な張継が作った「楓橋夜泊（ふうきょうやはく）」の詩が石碑となっていた。

月落烏啼霜満天
江楓漁火対愁眠
姑蘇城外寒山寺
夜半鐘聲到客船

寒山寺内

月落ち烏啼いて　霜天に満つ
江楓　漁火　愁眠に対す
姑蘇（こそ）城外の寒山寺
夜半の鐘声　客船に到る

楓橋夜泊の碑

服部良一は死後、直ぐに国民栄誉賞を授与された。また二〇〇七年、第四九回日本レコード大賞にて特別賞を受賞している。彼の場合、古賀政男と違って、洋楽出身なだけに明るくポップス系の曲も多いというのが、特徴かなという感じがする。

吉田　正（一九二一年〜一九九八年）

吉田正は全部で二四〇〇曲作ったというが、彼の曲の中では何といっても「異国の丘」が代表曲中の代表曲であろう。彼は第二次世界大戦の戦時中、陸軍上等兵として満州に居た。その時、兵士の士気を鼓舞するために彼が作った曲だったという。最初はシベリアから帰還した兵士の一人がNHKのど自慢に出て歌ったというが、私にとっては何といっても小学生時代に聞いた竹山逸郎が唄った曲が忘れ難い。「我慢だ　待ってろ　嵐が過ぎりゃ　帰る日も来る　春が来る……」の詩をよく覚えている。このような辛い生活を吉田正も経験したに違いない。彼が帰国したのは、終戦三年経った一九四八年であった。この頃、シベリアからの帰還船が舞鶴に到着する度にラジオで帰還者の氏名が延々と読みあげられていた。

この「異国の丘」は映画にもなり、劇団四季では、「ミュージカル異国の丘」として、浅利慶太の創作で筋は全く新規であるが、この曲が使われ、近衛文麿首相の長男でシベリア収容中に死去した近衛文隆が主人公であるが、何回も舞台で演じられている。

次に私が好きな曲は三浦洸一の「落葉しぐれ」である。高校の頃、親友と二人で小田急線の柿生の近くを散策していて、偶然、野山の中の遊園地で彼が聴衆を前にして、この歌を唄っていたのを見た。これが、私にとって実は本物の歌謡曲歌手が唄っているのを聞いた今に至るまでの唯一の経験である。お寺の三男坊に生れたという三浦洸一は同じく「東京の人」も唄っている。

吉田正にはこのようなしみじみした歌に合わせた曲が多い。鶴田浩二の「街のサンドイッチマン」、「赤と黒のブルース」、「傷だらけの人生」、マヒナスターズのバックで歌った「好きだった」もそうだ。少年時代に不遇な家庭に育ち、海軍航空隊で特攻隊を送る立場だった鶴田は深く共感するものがあったのだろうと思う。私が高野山に行った時、彼の墓は特攻隊の慰霊碑のすぐそばにあった。

大御所時代の吉田正氏

また、ムード歌謡の代表者フランク永井の曲は多い。「有楽町で逢いましょう」、「夜霧の第二国道」、「東京午前三時」、「おまえに」、いずれも吉田正の曲である。特に「おまえに」は岩谷時子の詩で、本当に夫の妻に対する気持ちを歌って比類がなく、多くの男に愛されている曲である。松尾和子はフランクとデュエットで、「東京ナイトクラブ」でデビューし「誰よりも君を愛す」はマヒナスターズをバックにして唄った。緩やかに唄う「再会」もヒットした。

フランクが馬鹿なことに、自殺未遂で植物人間になって、長い間を経てやがて亡くなったが、松尾は息子がぐれて覚せい剤取り締まり法違反で二年間の服役中に、自らも睡眠薬で自殺未遂を起こし、最後はたぶんその影響で階段から転落し亡くなった。フランクの自殺未遂、松尾の転落死、ともに五〇歳代の時で、非常に歌の上手かった二人がこんなことになったのは悲しいことであった。

彼は多くの歌手を育てた。門下生と言われるのが、鶴田浩二、フランク永井、三浦洸一、松尾和子、和田弘とマヒナスターズのような、しみじみ系とでも言うような人たちであるが、一方、明るい青春系にも、何人かの門下生がいる。橋幸夫、吉永小百合、三田明などである。

橋幸夫は舟木一夫、西郷輝彦とともに当時若手御三家と言われて女性に大人気だったが、最初の大ヒット曲が「潮来笠」であり、それから、俄然雰囲気を変えた「恋をするなら」とか「恋のメキシカン・ロック」もヒットさせた。非常に軽快でまた器用な歌手である。吉田は三田明にも「美しい十代」というヒット曲を作った。

「いつでも夢を」は橋幸夫とのデュエットで吉永小百合の歌手としてのデビューだが、続いての「寒い朝」では彼女は一人で唄った。彼女は代々木中学校出身で、私の弟と同じ学校で、同世代だったので弟は知っていたらしい。高校時代の「キューポラのある街」でブルーリボン主演女優賞は史上最年少、家が困窮していたので、彼女はひたすら働く必要があったという話を聞いたことがある。早稲田大学の二部に行き文学部を卒業している。一時期サユリストという熱狂的な男性ファンが居たが彼女には知的な美しさがある。

二〇一四年吉永小百合が自ら企画・主演した「ある岬の物語」がモントリオール世界映画祭で審査員特別賞を獲得した。その意味では国際的女優になった。もっともこの映画祭は潰れそうなのを何とか頑張っているということで、注目度はうすく、カンヌ、ベニスその他の出典作品よりマイナーとの評価もあるらしいが、ともかくそれなりの評価であり、日本人として素晴らしいと思う。その清楚な美しさはそろそろ七〇歳の今も変わらず、ＪＲの広告などでおなじみである。

このように、作曲するだけでなく、多くの歌手を育て、吉田学校と言われ、彼らに吉田先生と慕われた彼が、没後直ぐに国民栄誉賞を受賞したのは当然であろう。たぶん、吉田正は戦争の時代を思い起こさせる最後の作曲家であり、その後どんどん明るくなっていった昭和の世相をその音楽で見事に映していった人でもあったと思う。

それにしても、三人とも死んだ後で受賞されたというのは、最近のスポーツ選手などに比べ、何か割り切れない感じもする。スポーツ選手は若い時に活躍の場があり実績を積み、早く引退する。しかし、作曲家は死の直前まで活動を続けるからであろう。これは芸能人もそうである。長谷川一夫、美空ひばり、渥美清、森繁久彌など、皆死の直後に受賞している。

もっともそんな世俗的な栄誉はつけたりで、まわりはそれでお祭りとなるのだが、本人たちにとってはどうでもよいことだろう。世の人々が愛するような曲を作りたい、その気持ちでひたすら才能を発揮した彼ら、そこに彼らの偉大さがあるのだと思う。

明るい演歌歌手　川中美幸と水前寺清子

私が現在一番好きな女性歌手は川中美幸である。夫婦（めおと）演歌と言われる彼女の歌は本当に素晴らしい。彼女の最初のヒット曲が「ふたり酒」である。演歌は暗い内容の歌が多いが、彼女はなかなかの美女であって、彼女の唄う歌も姿も明るいのが男にとってとても嬉しい。

意外なことに彼女はアイドル歌手としてスタートした。中三トリオと言われた森昌子、桜田淳子、山口百恵の三人がもてはやされた頃、別の芸名で一七歳でデビューしたという。彼女の歌はこの時分は何曲唄っても全く売れなかった。そして芸名を変えた三年後、そこへ「ふたり酒」という曲が来た。彼女はエッと思い、最初は嫌で嫌でたまらなかったという。なぜならこの歌詞は男ことばであったからである。

「おまえと酒があればいい」、「飲もうよ　俺と二人きり」、「おいでよもっと　俺のそば」、「苦労ばかりかけるけど　黙ってついてきてくれる」

こういうセリフを当時二〇歳代前半の彼女が唄う苦痛は想像にあまりある。たぶんこんな心は彼女の想像の中でしかあり得なかっただろう。ところが本人の気持ちとは裏腹にこの歌が大ヒットした。

アイドル歌手としてヒットせず、演歌を唄って売り出して大ヒットというのは、石川さゆりもそうである。彼女は中三トリオより一歳年上だが、アイドル歌手を目指して一〇曲以上の歌を出していたようだ。しかし、三人の陰に隠れたのであろうか、全く売れず、「津軽海峡・冬景色」が事実上、彼女のヒットの最初であって、それまでに四年かかっている。アイドルの多くは若い時の爆発だけであるが、演歌歌手は息が長いので、歌手としてはより幸せなのではないかとも思う。たぶん今のところ、彼女の「天城越え」が一番のヒット曲であろう。

私はよく歌謡番組を見て、新人紹介として知らない歌手が出て来る時思うのだが、演歌を上手に唄う歌手はごまんと居る。節まわし、こぶしの効かせ方など共通のものもあるが、ともかく皆うまい。ところが、それが歌手として大成するかどうかは、ひとえに「良い曲」に巡り合えるかどうかである。むかし、古賀政男が新人賞をとったばかりの男女二人（そのうちの一人が佐良直美だった）に向かって「運をつかみなさいよ」と激励していたのを忘れないが、正にそれは運とも言えるものである。川中美幸や石川さゆりは運を掴んだのである。一度掴むと、あとは実力をキープし、絶えず努力、工夫を怠らなければ、浮き沈みはあるものの、プロとして続けられる。

川中美幸は関西の育ちで生家はお好み焼き屋であるという。そう言えば、数年前のＮＨＫ朝の連ドラ「てっぱん」で彼女はお好み焼きに関係した役どころで出ていた。また、渋谷には彼女が関係しているお好み焼き屋「かわなか」がある。

彼女が中年になってから、一度徳光和夫が司会する番組に出たのをＹＯＵＴＵＢＥで見たことがある。彼女が三十代の後半頃であろうか。いろいろ質問を受けるたびに説明していて、デビューしたのが一七歳であると言って「だんだん年齢がばれて行きますけれど。表向き二八歳ということになっていますので」と場内の爆笑をさそったり、若い時に洋装で「ふたり酒」を唄う映像が出た後で、徳光や他の付随の人から「なかなか美形ですね」とか「いまでもお綺麗ですね。」といわれた時、彼女は「いやあ、とんでもないです」と慌てていたが、その後に徳光から「まるで女優さんみたいですね」と続いた時、にっこりとして「じゃ、女優と呼んで」とほほえみながらしなを作った。一瞬笑いとともに周囲がどよめいたが、さらに徳光から「笑顔で図にのるタイプですね」と言われ、満場もさらに大笑い、彼女も大笑いしたことを覚えている。こういう明るいユーモアセンスを持っている女性歌手はめったにいない。

最近の彼女のワンマンショウをこれまたYOUTUBEで見たのだが、彼女がいろいろ話すうちに、観客が「今もおまえは綺麗だぜ」という言葉に（これは「ふたり酒」に出て来るセリフだが）笑いながら「ありがとうございます」と言い、その直後に「そういう言葉は聞きあきた」とあっけらかんと言ったりする。そして満場が大笑いする。そして、また、一曲唄う度に、別の冗談が会場に大きな笑いを作りだしていた。「皆さん、今が一番若いんです。だってこれからは、ねえ、そうでしょ・・・」などというと会場はさらに笑いに包まれていた。

一見、慢心しているようにも見えるが、これはサービス精神とユーモアから言っているのに過ぎないので、素顔の彼女のインタビューを見たことがあるが、非常に謙虚である。「私が唄って、ささやかですが、その時に皆さんが楽しんで、それで皆さんに少しでも元気をあげることができればといつも思っています」と言っていた。震災の三陸地方に慰問に行っている様子をテレビで見たこともある。彼女の歌は、多くの人たちに熱狂的に迎えられ大人気であったが、当然であったろう。

関西テレビのプロデューサーであった彼女の夫が覚せい剤所持で問題を起こして逮捕されニュースにもなった頃、しばらくの間は彼女は「ふたり酒」を唄うと最後には感極まって涙を流ししばしば泣いていた。随分つらかったのだろう。しかし、その後、元気だから、良く知らないが家庭も立ち直ったのだろうと思う。

そして次の大ヒットが、実に一八年後の「二輪草」である。それまでもたくさんの演歌を歌っていてどれもこれもうまいのだが、やはりヒットするかどうかは歌詞による。その時、新鮮で皆の心に響くような歌詞でないといけない。その意味で歌手というのはつくづく運があるなあと思う。

二輪草というのは私は写真でしか見たことがないが、上の方で茎が二本に分かれそれぞれに花が咲く。これを好んでカラオケで唄うオバサンはたくさんいる。多くの家庭に入った女性の気持ちを捉え、確かに彼女たちを元気づけているようだ。

「呼んで呼ばれて 寄り添って やさしくわたしを いたわって…」、「少しおくれて 咲く花を いとしく思ってくれますか…」とか、「よかった一緒に ついて来て…」、「どこに咲いても 二人は二輪草」と唄う。これは逆に女の側からの気持ちをひたすら追っている。この歌を唄う彼女は、曲の合間にゆっくり手拍子をとりながら本当に幸せそうに唄う。もちろん、観客を同じような気分にさせようとする演技ではあろうが、これが彼女にとっても本来の自然な気持ちなのだろう。そして、カラオケで唄う多くのオバサンたちも。

彼女もそろそろ還暦であるが、そういう意味で、その歳であっても、私の歳から見れば、「彼女は本当に可愛い女」だなあ、と思ってしまう。

一方、水前寺清子は、女が唄い男を励ます男歌（おとこうた）の第一人者である。彼女は今では古稀になった筈である。

「涙を抱いた渡り鳥」で颯爽とデビューした時、まだ二十歳前、芸名は故郷熊本県の水前寺公園からとった。彼女の両親は商売が破綻し、夜逃げのような形で上京したので、彼女は中学、高校と東京の学校を卒業していて、一家は彼女の唄に賭けていたという。そして続く「いっぽんどっこの唄」から彼女の男歌が始まった。二曲とも彼女が一五歳の時に彼女を見出したという恩師星野哲郎の歌詞である。

「若いときゃ二度ない　どんとやれ　男なら　人のやれないことをやれ」、とか「涙隠して男が笑うそれがあの娘（こ）にゃわからない　恋だなんてそんなもの　いいじゃないか　男なら」、「何はなくても根性だけは俺の自慢のひとつだぜ」、というように男を励ます。

「大勝負」は、「一つ男は勝たねばならぬ　二つ男は惚れなきゃならぬ　三つ男は泣いてはならぬ」という。こういう唄は聴いていてまさに男のいきざまかなあ、と大いに元気をもらう。

そしてあまり知られてないが、「あすなろの唄」は「いっぺんぐらいのしくじりだけで　ばかめ男が泣くんじゃないぜ」、「とのさま蛙もその昔には　おたまじゃくしでいたんじゃないか」、「見上げてため息ついてるだけじゃ　恋ものぞみも逃げるじゃないか」と唄う。結びは「あすなろ、きぼうの歌をうたおうよ」という意味の歌詞になる。

そうかと思うと「三百六十五歩のマーチ」で毎日毎日が重要だと皆を元気づける。

「ありがとうの歌」は非常に聞いていて気持ちのよい歌である。「さわやかに恋をして　さわやかに傷ついて　さわやかに泣こう　さわやかに夢をみて……いつも心に青空を……」

彼女は歌番組で玉置宏と一緒で長年司会をしていたが、いつも人を立てる態度に終始し、謙虚な気持ちを崩さず、とてもさわやかであった。このように、絶えず人々を勇気づける女性として、私のこれまた大好きな歌手である。

第五章　人物論

研究人生の恩師、平尾泰男先生

私が平尾先生と親しくなったのは、一九七二年、三〇歳で東大附属の原子核研究所（以下、核研と略記）に就職してからであった。それまでは三年間、東大本郷で、一年任期で毎年更新の助手を三年間過ごしていたので落ち着かなかったのだが、それでようやく七年任期とは言え就職と言えるものにあり付けたのである。核研は、日本の実験系での初めての全国国立大学共同利用研究所であった。それは原子核物理学で、世界的に意味ある研究を行うためには施設が高額になるので、戦後の日本でその建設を担うためには、個別の大学に施設を置くのではなく共同利用という制度で一ヶ所に重点的な投資を行うという考えに基づいていた。発足は一九五五年であり、私が入所した時は既に一五年以上経過していた。

先生は私が所属した低エネルギー研究部の主任教授であったのである。研究所は別に高エネルギー研究部、宇宙線研究部、理論研究部があって、低エネルギー研究部は原子核構造あるいは反応を研究する、実験研究の部としては、最も人数が多い研究部であった。

先生は昭和五年生まれで、私よりひとまわりうえの午年である。神戸で育ち、父上が西宮中央病院の院長、兄も医者、弟がドイツ文学の東大教授。裕福な知的家庭に育ったというべきであろう。甲南高校から大阪大学理学部物理学科卒業、一年副手を務め直ぐ助手になった。この学年は原子核物理を専攻して学者になった人が非常に多く、阪大では近藤道也、小林晨作、溝渕明、村田洋二郎、福本貞義、東大では、有馬朗人、藤田純一、河合光路、橋本淑夫の諸先生がいる。

大阪大学では菊池正士教授の研究室に属した。戦後まもなくの大阪大学では、それまであった電磁石の直径二四インチの古いサイクロトロンがアメリカの占領軍の手によって大阪湾に沈められたので、新しいサイクロトロンを建設していた。といっても、ガラクタ市で見つけて来た部品や、管材を利用することもあり、運搬に馬を利用するなど、本当に手作りであったという。平尾先生は学生時代からカメラが好きでいつも手にしてそれらの工程を撮影していたようで、そのような写真も随分見せてくれた。

菊池先生については（原子核研究所の初代所長、後に原子力研究所の所長にもなった）、気が早いとか、バラの愛好家だったとか、個人的にいろいろなことを聞いた。とにかく素晴らしく頭の回転が速く直感力に優れた人だったらしい。これは朝永振一郎先生が京大から理研に行った時のセミナーで、外国帰りの菊池さんに圧倒されたとも書いている。また菊池先生が長期渡米した時は、別の研究室の伏見康治先生が管理を任せられたので、伏見先生についても先生は私たちの知らなかった話をしてくれた。湯川秀樹氏が日本で初めてのノーベル賞を授与され、祝賀会の時、伏見先生は「湯川さんは数学があまりおできにならない。今後さらに良い仕事をするためには、是非数学の良くできる人と協力されると良いでしょう」と述べたということで、若い平尾先生は吃驚したなどと話していた。

もともと先生は子供の頃から、電気が大好きで、鉱石ラジオをつくり、ＦＥＮ（Far East Network）の英語の放送を聞くこともあり、広島原爆の投下の日、飛行機が上空を西に飛んでいったのを覚えているという。あとから考えるとそれが原爆の投下をした編隊であったようだと思うと聞いた。

原子核物理学の研究としては、粒子とガンマ線の相関実験という当時としてはもっともエレクトロニクスの高度な技術を要する実験を選んだのも、その先生の好みを反映したものと考えられる。あの頃は回路は真空管を使った自作のものが多かった時代である。

阪大の助教授時代に、アメリカのバークレイに研究員として行くつもりであったのだが、原子核研究所の所長であった坂井光夫先生に懇請されて、一九六七年に核研教授として赴任された。

核研は創設の時は、ＦＦ（Frequency Fixed）＆ＦＭ(Frequency Modulated)（周波数固定モードおよび周波数変調モードを共振器を切り替えることによって使用できた）サイクロトロンという世界でも新機軸を打ち出した加速器を製作し、ながらく研究の第一線にあったのだが、そのころ、世界の加速器の趨勢は、新しい、より強度があって高分解能のビームを供給する性能の良い加速器が出回り始め、核研も何とかそのような加速器を作らねば、という時代になっていた。そのためには加速器建設で優秀なリーダーを据えなければならないという坂井所長の強い意向で、平尾先生はまだ三〇歳代後半であったのだが、核研の低エネルギー部の主任として来られたのであった。これは先生にとっても大きな決断であっただろう。私もそうだったが原子核物理をやるからには一度は外国で研究したいと思うのは普通である。しかし、先生は、日本での加速器研究者としての指導者の道を選択したことになったからである。しかしこれは私が考えても正しい選択であったと思う、というのは先生は物を作ることが何よりもお好きであり、しかも卓越した組織者であったからだ。もちろん物を作るといっても数学、物理学を駆使した最先端の科学的な装置であるから、優秀な思考力、緻密な能力の必要な装置作りである。

先生は当時としては新鋭のＳＦ(Sector Focusing)サイクロトロン（別名ＡＶＦ（Azimuthal Varing Field）サイクロトロン）を核研の加速器グループを率いて製作された。それは日本では最初のものであった。すぐあとで、これも全国共同利用施設として設立された大阪大学核物理センターで、よりエネルギーの高い同じ型のサイクロトロンが製作された。

私が就職した核研で公募されたポストはＳＦサイクロトロンを使った原子核物理学の実験を行うための測定装置を建設する助手ということであった。その公募は一回目は一三人の全国の国立大学の大学院卒業の学徒が応募した。私はその前に一度さる大学の助手の公募に応募して書類選考の段階で落ちていた。博士論文はおろか、共著者としての論文も全くない自分としては大学の対応は当然であると思われた（この間の研究室の事情については自著『折々の断章』で書いた）。核研の公募だけは面接試験があったので、それに一縷の望みを懸けていたのだが、この時も落選した。東北大学と京都大学の博士論文を書き上げていた私より二、三歳若い研究者が採用された。その時の五人の選考委員に平尾先生も入っていた。

もう数年前に結婚もしていたし、大学の研究者としては無理だから民間の会社にでも就職するしかないかと思い、研究室の野上先生にその意思を伝えた。そうしたら、すぐ半年後に再度、核研で前と同じ測定器建設の公募があったのである。もう一度落ちたし、私より若い人が採用されていたから応募するのをやめようと思っていたのだが、大学の野上研究室の三年先輩で核研の加速器建設で助手になっていた関口雅行さんが、「平尾さんが君をまた応募させたらどうか、と言っていたよ」というので、また応募したのである。それで今度は数人の応募者があったが、面接試験の結果やっと採用された。

そういう意味で、私は平尾先生に拾ってもらい、原子核物理の本格的な研究者としてスタートできたのであった。共同利用研であるから、多くの研究者が利用できるような測定装置である必要があって、私は汎用の散乱箱（Scattering Chamber）を設計、製作することになった。汎用といっても新規性のあるものを設計したかったので、当時使われ始めた反応粒子測定用のゲルマニウム検出器（極低温で使用するため、液体窒素で冷却する）を装着するため、真空を保持しつつ反応粒子の角度分布を測定できるように、ゲルマニウム検出器を装着した上蓋が回転できる散乱箱を製作することにした。そのために一〇〇枚以上の製作図面を書いたりした。それから数年間は昼間は装置建設で夕方まで働き、古い核研のFMサイクロトロンの徹夜実験にも参加し、夜は遅くまで自分の博士論文の解析、執筆に励むという生活で、毎日帰りは夜一〇時から一二時近くまで、土日もない生活を数年間送った。

上蓋回転可能な散乱箱の概観

角度分布測定用散乱箱の内部中央に原子核ターゲットを置き、それに加速器からのビームをぶつけ、反応によって生成された特定の粒子の数の角度分布変化をアームに置かれた半導体検出器で観測する。

この間に、先生について思い出すことは、たくさんあるが、印象的なことをいくつかあげてみる。

研究部では、毎週一度打ち合わせがあり、二〇人くらいの研究員は皆出席する。そこで平尾先生は議長としていつも種々の報告をされる。それは共同運営委員会や教授会の報告など懇切丁寧なものであったが、私のような助手にとっては大部分どうでもよいことが多く、じっと聞いているのはかなりの苦痛であった。その間に自分の仕事をしたいのだがそうはいかない。それである時、私は装置建設の部屋から乱雑になったボルトとナットを箱に入れ、会議中机の上で、話を聞きながらずっとその組み合わせをしながら両者の整理をしたりした。それに先生は何も言わず淡々と議事を進めていった。後に先生から、昔、会議の間に伏見康治先生は机の下で折り紙を折っていて、ついには折り紙の本を出版した、ということを聞いた。先生も会議は退屈なものであることは十分承知されていたのである。ただ、言うべきことは全て話し、あとでそれは聞いていなかったということは言わせないという気持ちだったという。運営は実に民主的であったのだ。

また、私が入所一年後に、選挙で組合委員長に無理やり成らざるを得なくなったのだが、その時にひばりが丘の駅前で朝の通勤時に自動車事故を起こし、自転車に乗っていた老人をはね飛ばしたことがあった。これは全面的に相手の不注意であったのであるが、ちょうどその日が打ち合わせの日であった。巡査との対応などで、あたふたした後、ともかく報告をしなければと、核研に行き、打ち合わせの場から先生を廊下に呼び出しとりあえずの報告をして、また警察に出頭したのだが、その時も先生は「ああ、そうか」と実に悠然としていた。

子供時代に小学校の土俵開きで、大相撲に関係する人が居て関取を呼んだそうである。先生は五年生で相撲部に属していて関取と相撲をとり、双葉山は負けてくれたのに神風に投げ飛ばされて以来、神風は大嫌いになったとか、卓球が得意であったがたまたま、後に一九五二年ボンベイの世界選手権で優勝した佐藤博治選手と戦ってこてんぱんに負けて以来卓球はやめたという話も聞いた。このように先生は非常に負けず嫌いの子供だったようだ。大学生時代に阪大の中之島のグラウンドでよく野球をして遊んだことなども話された。そういう話をして構えることのない庶民的なところが、私にとって先生を親しみのあるものにした。

先生は百人一首が得意で、ある年の正月の研究部対抗試合では我々のチームの主要メンバーで、お陰で低エネルギー部が優勝した。

百人一首の対抗戦
奥から２人目が平尾先生

弘前大学での物理学会の後、
小岩井牧場で、左から２人目
が平尾先生

奥多摩　鎌北湖の研究部遠足
立っている右端の一番手前が関口さん、
写真上で一人おいて平尾先生、帽子姿が
私、左端が上坪先生

また、地方の物理学会では、発表が終わると我々は遊びに出掛けたのだが、「自分の発表をちゃんとしさえすれば、あとはすぐ遊びに出掛ける、それが一番格好がいいんだ」などと言っておられ、我々と一緒に旅行もされた。仕事ばかりでなく、一緒に遊びもともにされたのは、先生がまだ若かったこともあろうが、こういうところが、何ともおおらかであり、我々のこともよくわかっておられると思い、若い私たちには先生に対する信頼感がいや増すのであった。

このような先生が私の知る限り唯一度涙ぐまれたことがある。それは、SFサイクロトロンが完成し、実験も始まった頃、坂井先生が忘年会でであったか「この建設では平尾さんが大変な苦労をし、予算獲得の過程で、文部省の役人が責任をとらされて首になった（配置替えか）」という話をした時であった。普段、冷静な先生ばかり見ていた私にとっては実に印象的であった。詳しいことは若輩の私には知らされることもなかったが、平尾先生はたぶん乾坤一擲の行動をして苦労されたのだろうと思う。

研究部では毎年、日帰りまたは泊まりがけの遠足に行き、平尾先生も必ず参加されていた。いつも先生はそういう時でもネクタイをきちんと締め、なかなかダンディというか、おしゃれであった。

私が組合委員長の時の、組合の所長交渉、あるいは数年後の講堂での全所集会では先生はいつも最後列の席で聞いておられたのを思い出す。その時の全所集会でも、表だって発言することはなく、じっと人々の動きを注視しておられた。他の研究部、特に宇宙線研究部や理論研究部の人など弁舌さわやかな雄弁家が何人もいたのであるが、先生は決して派手な動きは得手ではなかったし好きでもなかった。それでいてあとで聞くと、非常に的確に事態を把握されているのに、感心させられた。

サイクロトロンの技術者たちからは圧倒的に尊敬され慕われていた。関口さんはよく先生に相談され、「僕が言ったことが、いつのまにか平尾さんの意見になっているんだよな。僕が言った筈なのにいつのまにか採用されてね」と言っていた。先生は非常に慎重でいつも周囲の意見をよく聞いて自分の判断を下されるのであった。

一九七七年に日本で二回目の原子核構造国際会議（研究集会）が開かれた。この頃は、先生は新しく作られた加速器研究部に移られ、低エネルギー研究部は理化学研究所から（併任で）上坪宏道先生が主任となってこられた。国際会議は核研が事務局、上坪先生が事務局長を務めたのだが、私は上坪先生の補佐の役目で、準備に学術会議など随分あちらこちらに一緒に出掛けたりした。

国際会議で、多数の外国人研究者の核研訪問を迎えて、裏方として、平尾先生と話す

ブルーミントンで自宅に招いた先生たちと私達家族　左から、妻、上坪先生、私、平尾先生、小川博嗣氏、山田孝信氏

国際会議は約三〇〇人の外国研究者を含む八〇〇人を上回る大会議であって、新宿の京王プラザホテルで催された。大会長が朝永振一郎先生、組織委員長が坂井光夫先生で、平尾先生は朝永先生の付け人あるいは補佐という立場であったようだ。終わってから平尾先生は朝永先生との楽しいエピソードをいろいろ話してくれた。打ち合わせ会議後、朝永先生とデパートかどこかのビルの屋上のビヤーガーデン

に行った時、平尾先生は、朝永先生はお歳なのでと小さなジョッキを注文したのだが、「わたしはこういう小さいのは好かんのだ」と言われて慌てて大ジョッキを注文したという。国際会議では冒頭の大会長の挨拶用に、事務局が直前に英語の文面の紙を渡したのだが、朝永先生は「ああ、そう」と言って直ぐそれを内ポケットにしまってしまい、それまで話していた落語話を続け、時間になったら、メモも取り出さず見事に挨拶をした、さすがだねえと感心した、とか。

私もそこで初めて国際会議で登壇発表したのだが、その翌年の一九七八年に私はインディアナ大学(インディアナ州ブルーミントン)に客員研究員として渡米し家族とともに三年間を過ごした。移ったその年の夏にインディアナ大学ではサイクロトロン国際会議が開かれて、平尾、上坪両先生も参加されたので、私は核研からの人たちを、その時住んでいた自宅(大学の教授からの一時的借家)に招待した。平尾先生は国際サイクロトロン会議の委員であってその後もこの会議の日本の代表委員としてながらく要職を占め続けられた。私も先生から外国の加速器の専門家を随分紹介され、親しくなった。

また、核研での活躍は研究だけに留まらなかった。所長の坂井先生、次の所長の杉本健三先生(ともに原子核物理研究者)をいつも身近で助け、実質多くの局面で知恵袋として両先生から頼りにされていたと思う。私がアメリカに居た時、核研の空心スペクトロメーター施設で九州大学の実験グループが放射能汚染事故を起こした。その時はかつての組合の書記長であった桜田勇蔵氏が私の居たブルーミントンに新聞記事を送ってくれた。また私の帰国後、SFサイクロトロン棟が電源施設の発火が原因で火事を起こした。新聞の第一面に大々的に写真入りで報じられた不祥事であった。その両方の時に、先生は役所関係当局、報道関係、世間に対し、先頭になって事故対応にあたったのだった。

一九八三年から私はフランスのパリ郊外のサクレー原子力研究所に二年間研究生活を送ったのだが、この時も平尾先生に推薦状を書いて戴いた。帰国して数年後、私は中間エネルギー部に所属したのだが、その研究部ではつらい思いもし、上司の下品な行動にその顔をみるのも嫌になり私は登校拒否ならぬ登所拒否の精神状態に追い込まれ何日間か勤務を休んだりした。また任期の期限があるのでいくつかの国立大学の助教授公募にも応募したのだが、いずれも持ちあがりのそこの助手が決まり落選の連続だった(他の核研の助手たちも同様で、当時他に転職できた人はほとんどいなかった。任期制というものが社会的に完全に崩壊していたのである。この件は自著『折々の断章』の中の「原子核研究所」の節で既に記した)。

また日本ではアメリカ、フランスでやったような原子核研究は当分できないと思い、思い切って今後は加速器の研究をしようと、平尾先生に願い出た。先生は温かくこの決心を受け入れてくれ、私はもう四〇歳の半ばだったのだが、加速器研究部に移った。それまで加速器の勉強は何もしてなかったのだが、その時先生は「捨てる神あれば拾う神ありだよ。加速器は、量子力学でなく電磁気学の世界ですからね。明確だからすぐ慣れますよ」と言われたのを忘れない。私はそれで心機一転で新しい分野を猛烈に勉強することになった。

その後、いつまでも助手の安月給では子供四人を育てるのも大変だということもあり、今後のことを平尾先生に話した。その時、先生は「会社に就職ということも考えていいですか」と言われ、私はもし可能ならばそれで結構です」と答えた。アカデミックな研究者から民間に移るのはいくばくかの不安もあったが、民間に行っても研究は必要だし、その時はその時でまた事態は新たに展開するだろうと思ったのである。

野上研究室で一年先輩の高橋令幸さんは、これも平尾先生の世話で住友重機械工業に就職し、見事に実績をあげられて、立派な社会人として働いておられた（彼は後にこの住友重機械工業の子会社の社長にまでなった）。このあと、平尾先生は私の三年先輩の関口さんにもこのことを話して相談したらしい。関口さんは「高橋君に比べて曽我君は堅いからなあ。彼ほど柔軟に対応できるかどうかわからない。どうかなあ」と答えたとのことを、だいぶ後に先生から直接うかがった。私はその時「ああ、関口さんはよく人を見ておられるなあ。先輩はありがたいものだ」と思ったものであった。

TARNⅡ　リングと
ビーム輸送系の一部

1988年12月
TARNⅡ　リングで初めてビームが一周した時、運転室で乾杯
左から3人目　溝渕先生

その頃、加速器研究部では、シンクロトロンの蓄積リングＴＡＲＮ（Test Accumulation Ring）Ⅱと

いう装置の建設をしつつあった。これはＳＦサイクロトロンからビームをためこんでリングでビーム強度を増加するもので、私はその輸送系を担当した。それとともにシンクロトロンの共鳴を利用した遅い引き出し系のビームダイナミクスのシミュレーション計算を行った。これは加速器学会でも発表し、加速器の専門家の間で望外の評判にもなった。

この頃から、先生とは個人的にも非常に親しくさせていただくことになった。先生とはしばしば夜おそくまで話し込むことが多くなった。装置建設およびテスト実験は、原子核物理の実験と違って、目の前で装置が次々と完成し、個々のビームの徹夜のテスト実験成功の度に、祝杯をあげることになる。先生は「うまい酒を飲むために力一杯仕事をしよう」といつも言っておられた。先生ご自身酒に強く、飲んでもちっとも顔色が変わらなかった。私はしょっちゅう夜おそくまでとことん話し込み、おそくなると、先生は「もう酔いは醒めた」といって自動車に乗り運転をして、研究所のある田無から北に向かい川越街道を通り私の自宅の埼玉県和光市の団地までおくってくれた。そのあと先生は御自宅の品川区芝高輪の公務員宿舎に帰られるのだから、随分遠回りの運転になったのだが、先生ご自身自動車の運転が大好きで、長時間運転も一向に意に介されなかった。

私は、先生が研究者だけでなく技術者や事務の女性職員の個人的な相談、例えば職場の待遇への不満などの相談にも対応し、その改善などにも尽くしていたことを思い出す。先生はご自身について、職場を変わるのも、いつも向こうから招聘されるので履歴書は自分で書いたことがないと言っていた。いつも転職が決まった後に必要なので事務の人が適当に書いていたらしい。ある時、私は、どうして先生は自分の人生は順風満帆だったのに、下の恵まれない人に対して思いやりがあるのだろう、と不思議な気もして、一度そのことを聞いたら、自分は何の苦労もなかったから申し訳ない、だからそうでない人をできるだけ助けたいと思ってきたと話された。

先生は加速器の発展の歴史には非常に興味を持たれ、広く詳しい知識をお持ちであった。サイクロトロンの発明者エルンスト・ローレンスは有名だが、それに劣らない俊秀は、ノルウェーのロルフ・ヴィデレーであるとよく話されていた（注一）。また、サイクロトロン国際会議（第一一回、一九八七年）で"**The History of Cyclotrons in Japan**"と題して、非常に詳細なスピーチをバンケットで行っておられる（注二）。

先生の核研における唯一の挫折は、核研の共同運営委員会での所長選挙で敗れたことであろう。しかし人生は面白いもので、私は先生が核研では、ついにトップにはならなかったが、そのほうが先生にはよかったと思う。というのは、核研に居続けて原子核物理学分野に閉じる活動より、その後、移られた千葉県稲毛にある科学技術庁の放射線医学総合研究所では、はるかに社会的に影響が大きく、先生にとってもその能力をより生かす広い世界が展開したからである。

平尾先生は核研に二〇年おられ、一九八七年、医療用加速器建設の任務で移られた。先生はそこで新設の医用重粒子線研究部の部長として、新しいがん治療用の加速器施設ＨＩＭＡＣ(**Heavy Ion Medical Accelerator in Chiba**)の建設に邁進することになったのである。重イオンの加速器建設は、核研加速器部で先生の指導のもとに、既に要素としては開発済みのもので、ほとんど問題はなかった（注三）。重イオン源、高周波四重極線形加速器、シンクロトロンへの多重入射、そこからの引き出し系の設計、具体的装置のプロトタイプの建設は技術的にすべて実現していて、後は、がん治療装置に適応する、加速器のエネルギーを決めればよいというところまでいっていた。「君もいずれそこで働いてもらいたい」と言われ、私は大いに元気づけられた。

先生が放医研に入ったのは、放医研で粒子線がん治療装置を建設することが決まった後だが、既に放医研では予算請求がされていた。先生はその額が一八〇億円であったのに、すぐこれはまずいと思われたという。それで先生は、科学技術庁に管理部長と訪れ、なんとこの倍の三六〇億円を要求したいと述べた。相手は驚嘆し、「こんなことはあり得ない。今迄そんなことは聞いたこともない。話にならない。そんなことに聞く耳は持たない」とつっぱねた。これに対し平尾先生は「それを採用するかどうかは貴方がたの権利である。しかし、聞くのは貴方がたの義務である」といってあくまでもその理由を述べようとされた。後ろに控えていた管理部長は止めようと必死に先生の背広の裾をしきりに引っ張ったそうである。しかし、先生はその理由をとうとうと述べたという。そして結果は先生の要求通りの予算が下りたのである。こういうところに、私は先生の情熱と勇気、説得力を思い、つくづく凄い先生だなあと感じるのであった。

放医研には加速器の専門家は、以前先生が核研から送りこんでサイクトロンで働いていた小川博嗣、山田孝信の両氏しかいなかったから大部分の要員は核研からの移動者が想定されていた。新しい研究部は定員が毎年二、三人しかつかなかったのだが、先生は、まず就職のままならなかったポストドックの若い人たちを次々に採用した。こういう人事の進め方にも私は平尾先生がそれぞれの人たちに対する実に温かい気持ちを持たれていることに尊敬の念を持った。そして「君はともかく食えているのだから、しばらく待ってくれ」と言われ、私は建設の検討委員会には早くから参加していたのだが、核研からの最後の移動者になり、三年後の一九九〇年に、放医研所員となった。

任務は、加速器建設の担当ではなく、ビーム最下流の治療照射系となった。それは核研加速器研究部の中でいままでに高エネルギーの原子核実験を唯一経験していたことによったと思われる。しかし、物理実験とは違って、照射対象はがん患者である人間である。これはこれで私にとっては全く新しい考え方をしなければならないもので凄く刺激的なことであって、私は大いに勉強しなければならないことが幾多もあった。

また、入射器、主リングシンクロトロン、ビーム輸送系などの加速器関係はすべて、核研出身者が主要な人々であったのだが、照射系は放医研でながらく治療物理で経験を積んだ人々が中心であり、河内清光室長、治療計画でソフトの専門家である遠藤真広氏、治療装置設計の金井達明氏など、医学物理で経験豊富な人々に囲まれて私はただ一人の核研出身者であり、門外漢からスタートしたから勉強しなければならないことばかりであった。

核研で加速器研究部の教授で、平尾先生と阪大同期の溝渕明先生は、検討委員会に参加されていたが、「わしが今までずっと平尾の副官であったが、これからは離れてしまったからそういかない。これからは君がその役割を務めてくれ」などと言われ、「曽我君、あのな、いい本がある。これを読んでくれ」と教えてくれた。それは、『豊臣秀長―ある補佐役の生涯』（堺屋太一著、ＰＨＰ研究所、一九八五年）だった。そう言われても、それは皆でやることだと思ったから、その時は何とも答えようはなかったが、ともかくその本を読んだ（注四）。そしてその後の経過では、私が一番長く先生の身近で、研究だけでなく所の運営面でも働くことにはなった。

ＨＩＭＡＣ施設の建設は、イオン源、線形加速器の入射器が住友重機械工業、シンクロトロンは日立と東芝、ビーム輸送系は東芝と三菱電機、照射系は三菱電機が担当することになった。ここまでは各社得意の部分であり、分担でさしたる問題はなかったのであるが、問題は全体の契約の幹事会社をどこにするかであったそうである。日本で初めての重粒子加速器によるがん治療用の施設ということで、責任は重大であり、各社とも全体を統括することに尻込みした。ついに平尾先生は阪大の先輩が役員である三菱電機に頼み込んでようやく承諾をとったとのことであった。加速器の基本的な要素は開発済みと記したが、それでも二つのシンクロトロンを同時運転し（注五）、ビームを三つの治療室に分配しつつ治療を行うというのは今迄にないことであり、特に進行性がんの患者にビームを照射するだけに、物理実験の加速器と異なって装置の故障で患者の治療スケジュールが狂ってしまうのは避けなければならないということで装置の安定性が絶対で、加速器は非常に保守的な設計となっていた。

それでも、施設の建設には大量の新しい工夫や新しい開発が必要で、私たちの担当の相方である三菱電機は相当の赤字となったと部長連から聞いている。それを平尾先生は、今の出血は将来に生かせばよい、必ず会社として長い間には利益を生むようになると、会社に説得していたと聞いていた（私の学生時代、研究室の野上先生は「平尾さんは会社泣かせで有名なんだ」と笑っておられたのを思い出す）。その後、三菱電機は、地方各地の多くの治療施設を受注し、しばらく日本で独走態勢の時期もあった。

やがて、プロジェクトは当初の政府の「対がん十カ年総合戦略」の発足した一九八四年からちょうど一〇年後、一九九四年に臨床試験が開始された。

この臨床試験に持ち込むまでに、特筆すべきことは、装置を建設整備することもさることながら、どのように医学界の協力を得るかという体制整備のことであった。それまでに放医研は約二〇年にわたり、約二〇〇〇人の中性子線による治療をサイクロトロンで行っていた。そしてその臨床試験の結果を社会に向けて報告をしていた。それによると、治療成績で参考資料となりえる患者は僅か二〇〇人余に過ぎなかった。それは、多くの患者が既に手術による外科治療、抗がん剤による治療、X線による治療などを個別に受けて、その結果が思わしくなかったり再発がん患者が多かったことにより、純粋に中性子線による臨床試験としての評価されるべき患者が少なかったことによる。ともかく最後の頼みの綱として中性子治療という選択に至ったという患者に対し、医者の方はあまり成功が期待できなくても受け入れようという良心的な気持ちであったのだろうと思われる。しかし、その結果、患者の治療前の状態把握が不十分であって、科学的な評価に耐えうる資料が、少なかったことはマスコミなどでも批判されていた。

照射系および全体制御系の研究者たちと平尾先生

1993 年、800 MeV/核子の加速の成功の祝杯をあげる

伊豆・湯が野温泉に研究部旅行
旧天城トンネル出口で

このため、重粒子治療の臨床試験を開始するには、日本で初めてのことであり、何よりも科学的データをきちんと取ることが優先されたのである。また、その臨床試験にあたっては、放医研内部だけではなく、できるだけ医学界に広く協力、検討を呼びかけ多くの医者の協力を得られる組織体制を構築した。治療ネットワーク会議を頂点として、部位毎の治療計画検討委員会（注六）、治療評価委員会、さらに倫理検討委員会などが作られ、外部の大学、公立病院などの権威ある経験豊富な医者が委員として集められた。こういう組織で中心となったのが、梅垣洋一郎先生（注七）であり、平尾先生も梅垣先生を深く尊敬されていた。「梅垣先生がいなかったら、重粒子治療は決してうまくいかなかっただろう」としばしば述べられていた。もちろん、こういう組織を作り上げるのは、戦略的思考が上手な平尾先生の寄与も非常に大きかったのだろうというのは私には容易に想像しうるところでもあった。

また、ＨＩＭＡＣ加速器を使った一般研究（医学、物理、工学、生物）についての、所内外からの共同利用も、臨床試験が始まって四ヶ月後に開始された（この件は自著『折々の断章』内「ＨＩＭＡＣの建設」で詳説したのでここでは省く）。

そういう中でも、核研と同じように、研究部では仕事はもちろんであるが、毎年泊まりがけの旅行に出かけたりしたし、先生との個人的親交は、ますます深まった。ここでは先生から聞いたいくつかの興味ある話あるいはエピソードを書いておきたい。

先生の育った家が神戸であり、若い頃宝塚の女優がよく遊びに来て麻雀に打ち興じていたんだそうである。それらの女優の中には、淡島千景、八千草薫、有馬稲子などもいたが、お茶を汲んだりして仕えていた少女が後の衆議院議長になった扇千景だったなどという話を聞いた。

先生は若い頃、画家の小磯良平（文化勲章受章者）に絵を習っていたことがあり、その後、さる学校でアルバイトとして絵を教えていたこともあったそうである。それもあって、ＨＩＭＡＣが治療開始するにあたって、治療患者待合室が実に殺風景であるのを気にして当初自らが書かれた水彩画を何枚か自宅から持って来られて壁に懸けておられた。確かにそれは私のような者からみてもなかなか上手だなあ、と感じさせられた。そんなことで、ある時、先生は照れくさそうに「私は美術家崩れの物理屋です」などと言ったこともあった。

実際それ以外にも、家で電気炉を購入し、陶器を焼いて制作することにうちこんだり、お宅に伺っても棚や家具は「これは私が作った」とも言われ、ともかく何でも手仕事がお好きなようであった。

それから、魚から刺身におろすのは得意で、ある旅行で、若い研究者は海にでかけたり遊んで宿に帰って見ると、その間に先生は魚を料理して待っていて彼らはおおいに恐縮したとのことである。

クラシック音楽では、モーツアルトが一番好きで、ワグナーのようなおどろおどろした音楽は嫌いだと言っていた。これは先生の上品な繊細さを物語るのかなあ、と私は勝手に思っている。

奥様の清子さんは、京都美術大学で染色工芸を専攻し、若い頃は芹沢銈介（人間国宝）のお弟子さんだったそうで、その意味では先生夫婦は美術家同士のカップルである。娘さんは女子美術大学の卒業生、彼女の前衛的な油絵の個展を見るためにさる画廊に出掛けたこともある。

新婚旅行は冬の八方尾根でスキーを兼ねた。その時、スキーの映画の撮影かなにかで、既にアルペン三冠王であったトニー・ザイラーと偶然同じホテルで会ったので、清子さんは彼と一緒の写真を先生に撮ってもらったという。

清子さんはカトリック信者で、日曜には教会に行くのだが、先生は奥さんを教会に自動車で送り、そのあと礼拝を外で待つ間に教会の水道ホースで自動車を洗う。一度、先生は外人の神父に「奥さんは教会で心を洗い、あなたは外で自動車を洗う」と冗談を言われたことがあると笑って話されたことがある。こんな話しぶりにも、いつも、気持ちに余裕のある話をするのが、実に印象的であった。

やがて、先生は臨床試験開始半年後の一九九四年一二月に、それまでの抜群の功績が評価されて研究所の所長になった。医学以外からの所長は研究所では初めてで今迄になかったことであった。所長になって四ヶ月後の一九九五年四月に、私は研究部から離れて新設された企画室長のポストについた。これは政党で言えば幹事長のようなもので、研究所の中枢であった。その時、先生からは「君は人生の修羅場を経験しているからなあ。よろしく頑張ってくれ」と言われたのを忘れない。

毎日目の回る様な多忙なポストで、所の全体を切りまわすものだった。平尾先生も当初、企画室長はどこまで仕事をすべきなのか良くわからず「ともかく研究所の活動については、一応全部理解してもらいたい。すべての委員会に出席するように」と言われ、私は医学、生物、環境の三分野、また放射線施設、養成訓練の委員会など、三〇以上の委員会すべてに出て、研究所全体の活動の把握に努めた。所全体の予算のとりまとめ、科学技術庁への申請、説明、大蔵省主計官への説明、予算が決定したらまた所に戻り実行予算の配分、そのための会議など、準備を含めてほとんど毎日、夜遅くまで働くのが常態だった。また平尾先生は前にもまして私にいろいろ問題をなげかけ、私も一生懸命先生を支えるといった関係が続いた。

所長になると、外部との折衝が非常に多くなる。役所とのことも多くなり、所外の各種委員会にもいろいろ出掛けられる。所内の具体的な状況については、重粒子研究部は問題ないが、他の研究部に出掛けられることや、所内を歩き回ることも少なく状況把握は十分でない。その点、私は、所内を気軽に歩き回り友達もたくさん居て、内部事情ははるかに詳しくなっていたので「あそこの研究部はどうなっているのかね」と聞かれることも多く、そのたびに、先生にいろいろ話し、議論もした。必要となれば、まず私が出向いて部長や研究者と話し、それを先生に報告するのだった。

ロシアの放射線研究団を迎えて所長控室で対応

日仏放射線生物・医学ワークショップ

平尾所長のもとでは、旧来の研究部体制のみでなく、あたらしく積極的プロジェクト実施体制のためのグループ制度の導入などの組織改革、千葉大学との研究教育連携制度の発足などを行った。また、毎年、さまざまの国際ワークショップを開催した（注八）。本庁からの要請で、研究評価が分野毎に開始された。これらには、室長の補佐として、研究部からいつも研究企画官として、若い有能な研究員が加わり、また科学技術庁への派遣研究員になったりして私を助けてくれた。彼らは今では、大学の教授になったり、放医研の幹部としてさらに若い人達を指導しているのは嬉しいことである。

また、私は日頃、夜遅くまで仕事をしている室員と、彼らの発案でいろいろな催しもし、毎年、近郊に一泊旅行に出かけ、友好を深めた。この企画室に居た時は任務は大変だったが、今迄付き合うことのなかった事務職の人たちにもいろいろ学ぶことが多く、視野も広がり、ともに大いに愉快にも過ごして、充実していた日々であった。特に、研究所内のあらゆる人たちと親しくなり彼らのそれぞれ異なる性質を身近に知ったのは、とても私の世界を広くしてくれた経験であった。

企画室ボーリング大会

新入室員歓迎会の後、
2次会スナックで

鬼怒川温泉旅行

退任後、ともに働いた若手研究者とスナックで、 左より安西和紀、島田義也、私、古川雅英、高橋千太郎、土居雅弘の諸君と

一度、私の小学校時代からの竹馬の友である中島邦雄君に先生を紹介したことがある。彼は通産省の高官であったのだが、先生と非常に短い会話を交わした後、その帰り道で中島君が言ったのは、「あの人は大物だ。普通所長などというと、肩をいからした男が多いのだけれど、あの先生は全く肩の力が抜

けている」と評して感嘆していた。先生はそういう性格でもあった。

先生は一九九七年三月に退任されたのだが、その二ヶ月ほど前に、私を呼ばれ「実はこのほど私はがんかもしれないという診断を受けた。入院するかもしれない。そうなると、退任の頃には研究所にいない可能性もある。これは病院の医者を除き、君だけには言っておくからその時はよろしく対処して欲しい」と言われた。私は一瞬、ひやっとしたが、幸いそれは誤診であったので杞憂で済んだ。

先生はこの年の春に、紫綬褒章を受章された。

私は企画室長を三年間務め、その後古巣の重粒子物理工学研究部長として四年間務めた。先生は所長退任後、粒子線治療の全国展開を目指して、医用原子力技術振興財団の常務理事として、働き続けられた。そして研究部があてがった一室を持ち、しばしば研究所に来ていた。加速器のメーカーなどから、かなり頻繁な訪問客があり、そこでいろいろ相談に対応されているようであった。また研究部員からも相談されると相手をされていた。その意味で先生はずっと我々の身近の存在であり続けた。

二〇〇一年のアメリカのミシガンでのサイクロトロン国際会議では、それまでの日本の粒子線治療施設の総合報告をされている（注九）。

この間で印象的な思い出は、かつて記したことがあったのだが、部長の私に夜の七時過ぎに電話がかかり、「直ぐ来てくれ。相談したいことがある」と言われ、その時、すでに研究所の他研究部からの友達と酒を飲みながら話をしていたので、「先生、もう私は飲んでいるのですが、いいのでしょうか」と言ったら「酒を飲んでいるとか、いないとかいうのは関係ない。すぐ来てくれ」と言われたことである。この言葉は、以来、私にとって酒を飲む時の金言になっている。酒を飲んでも、いざとなったら真剣勝負にも応じなければならないということなのだ。

また、私が「妻からしょっちゅう禁煙しろと言われているのだけれどなかなかその気にならない。私は平尾先生が禁煙されたら私も禁煙するつもりです」と半分冗談に言ったら、愛煙家の先生は「君の人生を僕が決めるわけにはいかないじゃないか」と返された。それで私も先生も喫煙を続けている。私はいつもこのように応対される先生の態度に何とも言えぬ上品さを感じて、心から先生に対する尊敬感が増すのであった（後の奥様の話では、先生は八〇歳の時に煙草を絶ったそうである）。

研究部旅行でのスナップ
勿来の関跡で

塩屋岬、美空ひばり
の歌碑の前で

第九「合唱」の後の
スナップ

また、研究部の旅行にはいつも一緒に来られた。一度、数台の車に分乗して、茨城県の野口雨情記念館、勿来の関を見物し、いわき市にある常磐ハワイアンセンターで一泊した翌日の帰り、私はこの近くに美空ひばりの歌「みだれ髪」で有名な塩屋岬があるのを思い出し、そこに行こうと提案した。その時、同乗していた先生は、「何だか知らないが曽我さんがそう言うのだから、行ってみよう」と運転していた長沢さんに言って、一緒に行った。こんなところに、先生の私に対する親しさと余裕ある遊び心を感じて嬉しかった。

奥様がずっとキープしておられる趣味の一つは合唱団である。私は千葉市で歳末のベートーヴェンの「第九の合唱」に一度だけ参加したことがあり、それは約三〇〇人の素人大合唱であったのだが、その時はたまたま奥様もソプラノで参加されていて、その発表会には平尾先生も聴きに来られていた。演奏が終わって先生と会い、「先生、私がわかりましたか」と言ったら、「ああ、わかったよ。蝶ネクタイがひんまがっておったよ」と微笑されて応えられた。

私は二〇〇二年に定年退職となったのだが、退職の記念会で、約二四〇人の出席者から放医研や放射線影響学会、核研の人などに話をしてもらうことで、先生には申し訳ないけれど、枠がないので、乾杯の音頭を取って戴くことでよろしいでしょうかと、相談に行った時の言葉も忘れない。「ああ、それはそういう人を是非優先すべきだ。私は君の身うちの人間なのだから、喜んでその役割をするよ」と言ってくださった。世の中には、地位があがると辺幅を飾るといった型苦しい人がいるものだが、形式などには一切こだわらない方だった。

私が放医研を退職した後「君はしばらく後輩の相談に乗って欲しい」と先生から言われ、ずっと研究所で安月給ながらフルタイムで勤め、医用原子力財団に移ったのは、三年後の二〇〇五年だった。考えてみると、私はいつも先生の数年後に、先生の居る職場に変わって行った人生であった。

私は放医研在職中の二〇〇〇年に、財団が原子力産業会議の後援で組織したインドネシアの古都ジョグジャカルタの原子力研究所で催される加速器スクールに行った。インドネシアの科学研究者を教育するのが目的であった。平尾先生が団長で、私は講師団の一員だったが、この時先生は奥様の清子さんを同道された。私は奥様とも日頃から遠慮のないお付き合いをさせて戴いていたが、「主人はお弟子さんには次から次へと長期外国生活をさせているし、本人は出張や国際会議でしょっちゅう外国に行っているのだけれど、私たちはなかなか一緒に外国へ行くことがないの」と言っておられたので、先生はこの際にと思われたのであろう。確かに先生はあまりに早くまた長く社会的に責任のある地位に昇られたので、ずっと多忙で海外旅行などの家庭サービスをすることはあまりなかったのだろう。我々は公的費用が出て飛行機の席はビジネスクラスだったのだが（私はこの時が唯一のビジネスクラスの経験であった）

私の退職記念会で乾杯の
音頭をとられた平尾先生

放医研の多方面の親しい
若い人たちに囲まれて

散会の見送りにおける先生御夫妻

先生は奥様にはエコノミーの席をあてがっていた。私は奥様が私費であるのだろうが、平尾先生ぐらいだったらビジネスにしてあげればいいのに、金がないというわけでないだろうにと思ったのだが、たぶんそれ以上に先生は仕事で行く人たちに遠慮されていたのだろうと思う。先生にはそういうところがあった。飛行中に「ちょっと妻を見てきます」とエコノミー席に行く気づかいを見せた時、私は先生の奥様に対する優しさをかいま見た。

もっとも奥様は朗らかな明るい御性格でそんなことは気にせず、我々がスクールで講義中は、案内人や他の団員の奥さんとともにあちらこちら観光に出かけたし、我々と一緒のエクスカーションでもとても楽しそうだった。インドネシアはジャワ更紗などもあり、染色に詳しい奥様は買い物でも元気一杯であった。

インドネシア加速器スクール
ジャカルタのホテルでの平尾先生夫妻と、
右は理研の後藤彰氏

ジョグジャカルタでの
夜の交歓会で

二回目は二〇〇三年で、先生はもう何回もインドネシア加速器スクールに行っているので、今回は君が団長をしてくれ、といって私に一切を任せられた。原子力研究所やメーカーの研究者を連れて、私は再度、ジョグジャカルタを訪れた。

財団では、毎年一度、粒子線普及の講演会を場所を変えて各地で行い、また会社の人たちへの講演会も行った。先生は二〇〇四年の財団主催の第一回の講演会では、「放射線を用いるがんの治療―原理とその進展の歴史―」という題目で講演をされており、その後もいろいろな方面から講演を依頼されて、私が財団に入った頃も外からの希望には最大限対応されていたが、財団主催の場合は、先生にはだいたい冒頭の挨拶をお願いした。私は講演を行う時もあったが、主として司会者となることが多かった。

2000年　放医研所員とともに、
平尾先生古稀のお祝い会

2008年　核研の友とともに、
平尾先生78歳のお祝い会

また私は財団の企画したプロジェクト、例えば「粒子線治療の人材育成プロジェクト」では予算獲得のための文科省へのスポークスマンになり、ヒヤリングで説明をしたり、その五年間の実行責任者になった。後に先生が医療施設を計画するベンチャー会社の社長になった時は、頼まれて取締役という名前をもらったこともあり、プロジェクト予算獲得で今度は経産省へのスポークスマンを務めた。

その後も私はしばしば、平尾先生に個人的に相談に行った。ある時は稲毛の放医研で、またある時は虎ノ門の財団の仕事の後で、またある時は海浜幕張の御自宅のマンションの近くでという具合だった。

特に、政府に設置された科学技術総合会議で私が二〇〇三年から二〇〇六年まで、物理・天文部門の僅か四人の専門委員の一員であった時は、いろいろなことがあり、ある年に大型プロジェクトの評価報告では新聞でも大々的に書かれ、文部科学省を慌てさせそれに関係した研究所が大騒ぎした事件があった（ニュートリノの計画に関係していた）。それは私の書いたものが原因の一つであったのだが、騒ぎが大きくなってすぐに、私は平尾先生にその文章を見せ、意見を求めた。先生は「君の態度は正しい。書きぶりに何も問題はない」と言われ、その言葉は私にとって自分の判断の自信を後押しするものであった。

食事をとるのに、先生が入るのはいつも我々が行くような、安い寿司屋や飲み屋であり、ある時「先生の行くところは全く我々と変わりませんね。」と言ったら、「私は庶民ですから」といつものようにゆったりと笑いながら言っておられた。話し出すと、議論することがいろいろあって、二人で酒を飲みながら煙草を吸いながら、少なくとも二時間は費やすことになり、その間に私は多くのこと、仕事のことばかりでなく、人間のこと、社会のことについても先生から多面的に学んだ。先生はもともと医者の家に生れたこともあって、医学の関係はいろいろ理解していて、興味もあって絶えず勉強されていたようだ。「今の放医研ではまだまだ理想の治療にはなっていない」などという意見もよくされた。それぞれの話はそのたびごとに新しい内容で、私にとっては先生は実に懐の深い人だと思うことが多かった。支払いは「君はいい」といつも言われて先生が行うし、私はまかせっぱなしで先生にだけは学生のように甘えていた。

二〇一三年の夏ごろからであろうか、先生は身体の調子がどうもよくないと言われ、二〇一四年にパーキンソン病になっていることがわかり、以来、財団の理事長も退任されて、御自宅で療養生活をされている。パーキンソン病は遺伝の確率は高いのは事実だが、先生の場合、運動不足もあるのではないかという気がする。若い頃はスポーツマンであったのに、あまりに早くから責任の高い地位に登り、以後も偉い存在でずっと多忙な生活で運動をすることがなく、いつも自動車を運転していたことが影響したのではないか、とも思うのである。

もう八五歳を過ぎられたが、急に進む病気ではないので、私はそんなに深刻な気持ちにはなっていない。お会いすると頭脳は相変わらず明晰なのであるが、歩行が不如意であり、非常に疲れやすくなっておられるようである。

一方、二〇一四年にはＨＩＭＡＣは治療開始二〇周年を迎え、その間に約八千数百人の患者を治療し、世界の重粒子線治療の実績においてもっとも先頭に立ち圧倒的な存在感を示すこととなっている。特に放医研はその科学技術的な開発で常に世界のトップを走っている（注一〇）。

日本では、現在稼働しているまたは建設中の粒子線治療施設は、陽子線で一〇ヶ所、炭素線が五ヶ所、計画決定または検討中でここ数年に建設されそうな施設が、陽子線で三ヶ所、炭素線で一ヶ所ある。この数は世界で断トツの一位であり、これらの施設の生みの親であり、その流れを作ってこられた先生が、今後も長く生活を続け、私たちをも教え導かれることを心から願っている。

注一、「ヴィデレーとローレンス　加速器開発の裏面史」平尾泰男（『大学の物理教育』一九九八年三号、日本物理学会出版）

ここには、加速器開発の歴史とともに、ヴィデレーは、僅か二一歳の学生の時ベータトロンの原理を発見し、学位論文で後にヴィデレー型ライナックと言われる線形加速器を発明して、ナトリウムとカリウムの加速に成功した、そして周回加速器であるサイクロトロンの可能性についても既に理解していたが、指導教授の不十分な指摘でそれは論文に書かれなかったため、サイクロトロンの発明の栄誉はローレンスということになったのである、と書かれている。

一九七五年のサイクロトロン国際会議のディナー・パーティーで、平尾先生がローレンスの直弟子であるリビングストンの "The History of Cyclotron" という講演と、"Accelerators for Hospitals" という医学応用の議論のパネリスト・リーダーであったヴィデレーに会った感激が語られている。

注二、In Proceeding of 11th International Conference on Cyclotrons and their Applications (Ionics, Tokyo, 1987), p761—p771.

注三、もともと、核研の原子核研究グループでは将来計画として一九七〇年代から高エネルギー重イオンの研究を行うことを目指していた。そしてそのための共同利用施設加速器として「ニューマトロン」(核物質、Nuclear Matter に由来する名称)の建設計画を進めていた。加速器部としてもそのための検討および研究をどんどん実行していたのだが、当時の高エネルギー研究所のトップクォークを発見するという目的を掲げた電子加速器「トリスタン」の計画が認められ、「ニューマトロン」は実現しなかった。「トリスタン」もエネルギー不足であることは建設中に既にわかってきて、結果的にはトップクォークはかなり長く経ってから一九九五年アメリカのフェルミ研究所の「テバトロン」で発見された。当時のニューマトロン計画については、次のレポートが一冊の本になっている。

NUMATRON –High Energy Heavy-Ion Facility–, edited by Y. Hirao, August 1977, Study Group of Numatron, INS—NUMA—5

一方、その当時放医研ではサイクロトロンの陽子線からの核反応を利用した中性子線のがん治療が行われており、次のより革新的な治療装置に向けての検討が行われていた。アメリカのバークレイでは高エネルギーのネオンビームを使った治療が加速器「ベバラック」において一九七二年から原子核物理学の実験の合間をぬってテスト的に行われていた。平尾先生が放医研の委員会で重イオンビームによる専用治療装置の建設を提案されたのが一九七九年である。

注四、著者の記述によれば、豊臣秀吉の実弟である大納言秀長は、彼が存在している時は秀吉をよく助け、豊臣軍は百戦百勝であったが、彼が病に倒れ亡くなった後は、秀吉の判断は狂い始め、朝鮮出兵などで失敗をして、やがては徳川に天下を譲ることになった。

注五、　二つのシンクロトロンを設置する計画は、照射できるビームの数を倍化し治療できる患者数を増やすのが主目的であった。それに加えて、将来、片方のリングで加速されたビームを標的に当てて核反応を起こし、それによってラジオアクティヴなビームをつくり、他方のリングに打ち込んでそれを必要なエネルギーにして、ＰＥＴ（陽電子断層撮影装置）でビームの照射範囲を確認しつつ照射を行うという未来の技術発展を見込んだ計画ともなっていた。そのために上下リングをビーム輸送系で連結するというスペースは確保されているのだが、今の治療方式で当面十分であり、そこまでの緊急性は現在ない、という医師側の意見と、予算がまた必要になるとのことでこれはまだ実現していない。

注六、　これらは、頭頸部、中枢神経、肺、肝臓、から始まり、その後、次第に他の部位、子宮、前立腺などに拡大されていった。委員は、放射線科だけでなく、外科、内科など、がん治療に経験豊富な医者が多方面から集められて総合的に検討された。そして各部位毎に、どういう条件を満たした患者を選択し、どういう線量で何回照射するかというようなプロトコールが作られた。このプロトコールは、ある条件でうまくいくと、さらに別の条件で進歩したプロトコールが作られた。このようにして、例えば最初十数回の照射だったものが、毎回の線量を変えつつ、ついには肝臓がんでは二回、初期の肺がんでは僅か一回の照射で済むまでに進歩した。

注七、　放射線治療医である梅垣先生は、戦後、東大からがん研究会附属病院を経て千葉大学で助教授、ついで信州大学の教授になり、放射線治療の第一人者となっていた。それから国立がんセンター病院放射線診療部長、その後は放医研で臨床研究部の部長を八年間務め、速中性子線治療を行った。先生は荷電粒子治療の方がはるかによいことに気付かれ、高エネルギー研究所の陽子線治療を一刻も早くと言って、筑波大学の陽子線治療をするようにと督促した。それを受けて物理工学者が施設を作り、筑波大学の医者たちの陽子線治療が一九八三年に始まったのであった。

そして先生は陽子線より重粒子線はさらに良い筈だと強調されていた。臨床医であって装置にも強かった先生の活躍は次の本にいろいろ書かれている。

『ガン回廊の朝』（柳田邦男著、講談社文庫、一九八一年）
『ガンと戦った昭和史』（塚本哲也著、文藝春秋、一九八六年）

梅垣洋一郎先生

先生は、私が入所するかなり以前の一九七八年に放医研を退職されていたが、その後、当時のがん研院長らの強い要望があり、がん研の放射線部長として再び勤務されたという。先生は重粒子線治療の医者側の体制作りに努力され、全体の中心であった。多くの医者から尊敬されていて、「梅垣先生が本気だから、協力する気になった」という多くの外部からの医者の委員の話を平尾先生から聞いた。私が企画室長の時は、梅垣先生が作られた治療ネットワーク会議（先生が議長）、治療計画検討委員会、治療評価委員会、さらに倫理検討委員会の全てに私も出席していた。放医研で一九九四年に重粒子線治療が始まった時には、本当に大喜びされ、元気一杯であった。先生は二〇一三年に八七歳で逝去された。


注八、この間の活動については、私が頼まれて寄稿した次の文章がある。

「放射線医学総合研究所　機構改正について」『放射線科学』三九巻八号、p一一〇。

「放医研予算及び企画室」『放射線科学』四〇巻三号、p一一三。

（二〇〇二年二月　私家版「Float, Turn, Enjoying Anywhere」に収載）


注九、"RESULTS FROM HIMAC AND OTHER THERAPY FACILITIES IN JAPAN", Yasuo Hirao, in Proceeding of 16th International conference on Cyclotrons and their Applications, East Lansing, Michigan, 2001,　p8—p12.

注一〇、現在、患部の深さ方向をスキャンするために、加速器のビームエネルギーを直接変化させて照射を行うことが実現しつつある。ビーム引き出しのスピル（一回のパルスの持続時間）の長さも自在に長くでき、呼吸同期照射に大いなる利便性を与えている。また世界で最高速のスキャニング装置を実現し、新しく超電動磁石を利用した世界にない軽量（二八〇トン）の回転ガントリーを設計、ほぼ製作を終了している。これらは数ヶ月後に実現する予定である。

追記

　このような文章は、故人の思い出として書かれることが普通である。しかし、ここでは私が今書いた意味と、その不十分さについて述べておきたい。

　私は、かつて、世界をリードしている重イオン加速器によるがん治療の実現にいたるまでの歴史を書いて戴きたいと平尾先生にお願いしたことがある。そもそもの高エネルギー重イオンによる原子核物理学研究のための加速器建設計画「ニューマトロン」から話が始まり、先生しか知らないさまざまのことがあっただろうし、それは今後のプロジェクトを進める後進にとって非常に参考になるからという意味であった。

　しかし、その時先生は「本当のことを書いたりすると、まだいろいろ差し支えもあるし、多くの関係者はまだ生きているからねえ」と言われていた。特に、競合相手となった素粒子物理学実験の「トリスタン計画」を推進した学者の世に知られてない策略には若い頃、先生が随分憤激していたのを覚えている。私は当時は研究一路でそんな政治のことには遠慮して質問することもなかったので、詳細は知らないままである。しかし、それ以外にも確かに先生から話を聞いてそれを聞く分には「へえ、そんなことがあったのか」と吃驚することもあり、「これは余所にはそうそうは言えないことだ」と思う時があった。会社などとの交渉も微妙な局面は多々あったのではないかとも想像する。現実を動かすには、きれいごとでは済まない。本当の真実を述べるにはそんなことにも触れないわけにはいかない。

　しかし今となっては、先生にとって良心に恥ずるところはたとえないにしても、万が一、他人の名誉を棄損するようなことは避けるべきだというのがお気持ちなのではないかと想像する。それは先生の一つの姿勢であると思う。

そんな事情があって、私がその歴史を表面的にではあっても書いておこうと思って自著『折々の断章』の中で「ＨＩＭＡＣの建設」を書いたのであるが、これは、私が先生にお願いした趣旨とは全く異なるもので、私の表面的な経験に過ぎない。

ここでは、特に平尾先生との長年のお付き合いから、違う書き方になった。前に詳述したことを繰り返すことは避けて、両者は相補的になるように注意した。また、類似の配慮から他の人にからむ話はいくつか明確には書かなかったこともある。こんな経験から、なるほど真実は長い間埋もれたまま、ということもあるのだな、と気が付いた。だから、よくルポルタージュ番組などで、関係者はその孫しか生存してないというような時点で、以前のことが新しい資料の発見とともに今初めて明らかにされる、などということが起きるのであろう。

またあれだけ深慮熟考される先生ご自身も、放医研所長時代に状況から慌てた判断の失敗もあった。そのことで、私が後で詳しくそれに至った事情を先生から聞いたのだが、異なる分野のことではあり、無理ないことだとも思ったが、それでもあと一つ配慮が足りなかったと感じた。政治学では、動機の如何に関わらず常に結果責任が問われる、とよく言われる。それを先生に話すと「何人かの人から言われるけれどね。まあ、曽我君そう言うな」と穏やかな苦笑をもって返された。先生ご自身はよくわかっておられるようであった。どのような人間でも、その判断や行動は常に完全ではありえない。

しかし、今となっては、自分の平尾先生に対する尽きせぬ思い、先生なしではあり得なかった人生の感謝の気持ちを、先生にも何とか健在のうちにわかって戴きたいとの思いで、多少の誤りも、また失礼の段もあるに違いないし、まことに勝手な自分本位の記述になってしまったが敢えてこの文章を書いた次第である。

文系人間　石坂泰三氏

二〇一四年一〇月に、私は渋谷区教育委員会から依頼され「文系人間と理系人間」という題で一時間半の講演を行った。聴衆者は一般人で、申し込めば渋谷区民でなくても受け付けるということで、約一〇〇人の方々が集まった。

講演では、人間の類型の一つの分け方として、文系、理系、芸術系、体育系、商業系そして育成系などが考えられるとして、それぞれの職業の話から始めた。文系、理系は後で述べるが、芸術系、体育系は比較的はっきりしている。早くから才能を発揮した人は、プロの職業人となるが、そういう人は数少ない。多くの人は、それを趣味の範囲で楽しみ、本格的なプロになり得なかった人は、中学、高校あるいは音楽教室、美術教室などで教える先生、体育の先生、あるいは最近増えているのが体操教室のインストラクターなどになる人たちである。また、私は、世の中、隊員という形の職業、自衛隊、警察、消防、救助隊などで働く人も一種の体育系とも考えられるとした。育成系というのは、勝手に私がつけた言葉であるが、農業や漁業の人、医者、教師、料理研究家などもこれに入るとした。当然、これらの分類ははなはだ不完全であって、相互に交錯する。教師には、文系、理系を始めとして上の五種類のすべてがあるのだが、幼稚園、小学校などの初等教育の教師は、むしろ、その心のあり方としては、育成系としたほうが相応しいのではないかとも思ったのである。医学関係も、医者は無論だが、医学系コンサルタント、介護で働く人などが含まれるであろう。

中でも、文系、理系の専攻というのは、人々を大きく分ける。専門学校でない普通高校に進むと、二年くらいから文系コースと理系コースという形でカリキュラムが分かれ、生徒はそのどちらに進むかという選択をしなくてはならなくなることが多い。

もちろん、文系とか理系でまず考えられるのは、学問の世界であろう。政治学、経済学、社会学をはじめ、哲学、歴史学、文学、言語学など、文科系の学問はあまたあり、数学、物理学、化学、生物学、工学など、理系の学問も非常に広く分布している。これらにおける学者、研究者の世界は、明確な文系、理系の仕分けが存在している。これは、特にことさら述べるべくもない。

しかし、最も多くの人が働く場として出て行くのは社会の実業の世界である。社会に出た人も、君は文系か、理系かと問われれば、多くの人が即座に答えられるであろう。

そして次に、人間の性格として多くの人たちが属すると思われる、文系人間と理系人間に関する、典型的な特徴を、説明していった。

一般人にとって、このような世界での文系、理系の典型的な人物というのが、考える上で非常に興味深いと思うし、私自身もいろいろな読書などを通じて、物事を深く考察するようすがとなってきた。

講演では、文系には、政治経済などの分析的な社会科学、哲学、歴史、宗教など包括的なもの、文学など情緒的なものがあり、理系でも、数学、物理、化学、工学など論理的な考察を要するもの、地質、動物、植物、鉱物、医学のようなもともと博物的色彩の濃いものがある、というような話もし、近来の科学の発展で、博物学的な分野でも、非常に分析的研究が進んだ話もした。

これらに関して、文系、理系のそれぞれの人が社会で別個の集団になりがちなこと、それに対して自著『志気』（丸善プラネット、二〇〇八年）で書いたチャールズ・スノー氏の『二つの文化と科学革命』

や藤井康男氏の『文科的理科の時代』などの著作にも触れた。

こういう話を準備する段階で、私の頭に常にあったのは、その代表的人物としての、石坂泰三氏と土光敏夫氏であった。その理由は、両者がともに経団連会長になり、その社会的立場には共通点がありながら、二人の性格が全く対照的であって、典型的な文系と理系の方であったからである。

石坂氏は一八八六年（明治一九年）、明治の中葉に生まれ、明治時代に学生時代を過ごした。彼は最初は逓信省の役人であったが、四年後に請われて第一生命に転出し、そこで三二年間働いた。以後民間人として、終戦後の二年間の浪人生活の後、一九四八年（昭和二三年）に東芝に移って、その再建に成功し、一九五六年、二代目の経団連会長になり、六期一二年を務めた。土光氏は、石川島造船所に入社後、戦争直後の一九四六年、石川島芝浦タービンの社長、その後、石坂氏に依頼され再建を託されて一九六五年東芝の社長になり、一九七四年、植村甲午郎氏のあとを受けて、第四代目の経団連会長で六年勤めた。土光氏については、別の節で述べるが、ここでは石坂氏について、やや詳しく私が知り理解したことを書いてみたい。

石坂氏が自ら書いた記事が収められている『私の履歴書』（日本経済新聞社、一九五七年）は経団連会長の時の文章である。石坂氏は、府立一中、旧制一高独法科を経て東京帝大法学部を明治末年に卒業している。その時分の一中（現日比谷高校）は築地の尋中といって日本一の中学校であったと書いているし（当時は日比谷公園が建設中、校舎はその隣にあった）、日露戦争の始まった年に一高に入れば、寮歌「嗚呼玉杯に花うけて」の詩にある、栄華の巷低く見て、というように、もう国の選良であって将来、指導者になるという意識が学生に横溢していたような学校であっただろうから、彼もそういう意識が強かったのではないかと想像する。石坂氏は、旧制高校のいわゆる教養主義という環境にどっぷり浸って、その博学的な素質を練磨されたようである。というのは、後年、多くの人が、彼の広い視野、広範な知識、的確な判断力、優れた見識を一様に尊敬の念を持って述べているからである。

「高等学校の三年間は私の生涯を通じて最も印象的なものだった。……例えば、古事記とか宣命、祝詞、風土記などは、もちろん全部覚えたわけではないが、その一部分にもせよ、古典の香りにふれたことは有難く……、外国文学でも、ゲーテ、シラーなど、いつまでもあとに残るようなものに接したこと、英語でもシェクスピア、テニスン、スコットなどの抜粋のようなものを読まされ、漢文もやった。……云々、」と書く氏は、この高等学校の制度がなくなったのは、日本の教育上の大きな損失だったと考えているくらいである、とも述べている。

大学卒業時、その頃最高の秀才は大学に残り、次は役人になること、その次が実業界に行くという順序だったという。私はよく知らないが、それは東大の法学部などでは今でもそうなのではないかと想像する。石坂氏は卒業の年に高等文官試験に受かった。役人の内でも大蔵省と内務省は、よほど成績がよくないと入れない。石坂氏は、そこに入れなくはないと思ったが、そこで牛後となるより鶏口の方がいいと考えて敢えて逓信省を選んだと述べている。

第一生命に移った時のことが正直に書いてある。その頃生命保険会社は約四〇あり、第一生命は一二、三番目、六、七〇人の人数だった。社長の矢野恒太氏が、論敵でもあり懇意な間柄でもあった預金局長の下村海南氏に「人が欲しい」と頼み、話が彼に及んだ。彼自身、役人はあまりハダが合わず、いつかは見切りをつけなければと思っていたそうだが、「上司に勧められて断ったら一生うだつがあがらないだろう」と思ったり、妻には「私は国家の官吏だからお嫁にきた。生命保険なんてきまりが悪い」と猛反対されたり、一方、社長からは洋行の約束とか（実際、入社後直ぐに彼はアメリカに行き翌年イギリスに行っている。本当は独法をやったのでドイツに行きたかったが、欧州大戦でドイツには渡れなかった）、いずれ満足に勤めれば後継者にということだったという。今でもこういう出世含みの天下りは非常に多いようだ、もっとも今は相当年取ってからであるが、彼は二九歳の若い時であるから状況はかなり違う。勉強して博士号を取るからと、漸く妻を納得させ、会社に入ったら周囲から「官吏になったのに、なんだってこんなバカなところに来たんだ」と言われて、さすがにがっかりさせられた、ということも述べている。まあ、人間まだ先が見えない時の転身というのは、石坂氏も迷いの大きな苦悶だったことがわかる。しかし、三二年間、そのうち彼が八年社長を務めたのだが、その間に第一生命は日本生命に次いで二番目の会社に成長した。

そして終戦後の一九四九年（昭和二四年）、彼は東芝の社長になった。なって早々に彼は労働争議に直面し六五〇〇人の首を切ったという。この自伝では東芝での詳しいことは何も書いてない。そして一九五六年（昭和三一年）経団連会長になった。自伝であるから社会的事業に関して、特に戦後の有名になってのことはサラッと書いているに過ぎない。

次に、彼をより良く知りたい、第三者から見た時の本を読もうと思い、数ある彼に関する本の中で『石坂泰三　この気骨ある財界人』（阪口昭著、日本経済新聞社、一九七〇年）を読んだ。当時、石坂氏は八五歳近くで、勲一等旭日大綬賞を獲得した直後に出版されている。阪口氏は一九二七年生まれ、六三年に日本経済新聞の論説委員となり、出版当時もその立場であった。

題名から見て、いわゆる礼讃型の本かもしれないと予想したのであるが、必ずしもそうではなかった。非常に客観的に彼の複雑な矛盾しているように見える言動の数々をあげ、なおかつそういう彼の人間的側面を思い込みをできるだけ排除しつつ多面的に分析している。一本調子でないだけに、読んでいて、著者ははたして何を言いたいのだろうかとかなり緊張感を持たざるを得ない、そういう意味で著者はなかなかの人だなと感じた。

著者のまえがきによると、著者が石坂氏に「そのうち石坂泰三論を書かせてもらいます」といったら石坂氏は「世の中には、自叙伝とか伝記とかいっぱいあるが、私にはどれもこれも信用できない。本当のことなんか、だれもわかりっこありませんよ」と語った。それから数ヶ月たって、「近く書き始めます」と一方的に宣言したら、昔話を語り始め、翌日には「どっちみち君は書くだろうから、参考までに」と日記帳まで貸してくれたとのことである。

内容は六章に分かれ「石坂語録から」、「出所進退のとき」、「バックボーン」、「財界人石坂の実力」、「生い立ち・サラリーマン・妻子」、「風格」となっている。

石坂語録はたくさんある。その中から著者は主なものを拾い上げてみるといって書いているのだが、そこからさらに私が書きたくなったことだけ取り上げて見る。

それはほとんどが彼が経団連の会長になって以後の、自信に満ちた時代の言葉である。例えば、「経済にはこれでいいという限度がない。ベターライフを築くために、前進これあるのみだ」、「これだけ勤勉な国民が、ヨーロッパを抜き、アメリカに追いつけぬはずがない」、日銀の役割の限界を指摘し、あくまでも産業重視で「金融は産業の召し使いであって、主人公ではない」。

このようなトップの言葉に励まされて、実際、この本の出版時、国民総生産は米国に次いで世界第二位になっていた。彼の経済発展至上主義と、自由放任主義は徹底していたという。高度経済成長の池田首相の時代、石坂氏は何よりも経済発展を真っ先に考えていた。一方で「パリを歩いて感慨にふけったことがある。道路も建物も、みんなとっくに借金を返済ずみの財産になっているんだ。日本はこれからだと思ったね」という彼は、所得では追いつき追い越しても蓄積ではまだまだだと思っていた。

また、著者は石坂氏の言葉にはどうも舌足らずの言葉が多いとも言う。「働かざるものは食うべからず」という言葉に対し、働きたくても働けない人もいる、社会保障の整備が必要という批判があったり、「ひずみ、ひずみと世間では大騒ぎなさるが、ひずみのないところに発展はない。発展があるところ、必ずひずみは起きる」などという発言に、経済同友会などは「ひずみを肯定するのか」といって猛反発したという。

こんな風な記述は読んでいてなかなか面白い。また彼が数度にわたり「小細工を弄するなかれ」とか、「僕をふくめて、みんな妥協して生きている。人間、妥協しなければ生きていかれっこありませんよ」と言いながら「人間、おのれの信念をつらぬいたら、いきつく先は十字架だ」ともよく言っていたという。著者がある時自主防衛について質問した時、彼は「それは結構だ、しかし、日本が原爆を持つのは無駄だ。その為に日米安保条約がある。つまり日本はタダでアメリカ軍というセパード（シェパード）を飼っているんだからね」と答えたという。また「いまの憲法なんてまったくくだらないねえ。即刻改正すべきだよ」というのが持論でその根拠は「アメリカから押し付けられた憲法だから」ということで、著者の解釈では、その内容より彼の精神的ナショナリズムに根ざしていたという。

また、彼の自由主義は徹底していて、経済同友会あたりから、各種経済団体の上に最高決定機関をおく構想が出されたが、彼は「いろいろの団体がいろいろのことを言ってどうして悪いんだ」と権力支配をもたらすかもしれないこのような考えを受け入れなかった。また、財界が政治に介入することを極力避けた。「政治家はウソをつくから嫌いだ」と放言し、必要な政治家との関係は、副会長でのちに第三代の会長になった植村甲午郎氏がすべてやっていたという。池田内閣の末期、財界から共同声明を出そうという声が一部からあがったが、彼は「まったく検討に値せず」と宣言し、あっさりとこれを葬ったという。いずれにしろ、この頃、彼の発言は非常にあけっぴろげであり、失言もあったようだが、国際競争の中で、何とか日本を一流国にしたいという熱意に燃えていたと言えるであろう。一方で著者は、この時代、財界団体が私企業の社会的責任の任務の遂行に欠けていたことも見逃せないという。公害や欠陥商品などの悪を放任する結果になってしまったからであると冷静に書いている。まあ、今から見れば、先のセパード論も、およそタダではないし沖縄という大きな犠牲を伴って来たのだから、確かに彼の発言はおおざっぱであることは事実だった。

「出所進退のとき」は既に『私の履歴書』で述べたことと重複することは避けるが、私が感じたことは、石坂氏はやはり官僚型の性格であり、自分でも「わたしは、いつでもいやいやながら引っぱり出される。いやなんだが、相手の熱意にほだされる。性分なんだから仕方ないが、つねに他人の意思で動いてきたんだから、自慢にならない」と述懐したとおりであるということである。これは第一生命入社の時もそうだが、東芝に行った時もそうで当時の東芝での状況が詳しく記されている。

敗戦後の会社の状況はどこも似ていたが、東芝は経営難である上に労働組合が戦闘的で一九四六年（昭和二一年）には賃金五倍引き上げを要求してストライキをうち、その戦いはどんどんエスカレートする一方でこのままいけば必ず潰れるという状態だった。石坂氏は第一生命を辞めて悠々自適しようと思っていたところに、三井銀行社長の佐藤喜一郎氏が来て（東芝は三井系列）、石坂氏が戦前六年ほど東芝の社外重役をしていたことからその実績を認めて、社長を引き受けてくれと依頼された。多くの人が追放されたりして人がいなかったということであるが、石坂氏は周囲の人、例えば日銀総裁の一万田尚登氏にも相談したが、彼は「東芝は再建の見込みがない」と言い、それ以外の人も皆反対した。同級生の五島慶太氏も「行っちゃいかん。行っちゃいかん」と繰り返したという。ただその中で山下太郎氏（のちのアラビア石油社長）だけが強く支持した。どうしても気が向かないので返事を数ヶ月引きのばしたのであるが、結局引き受けた。

経団連会長になる時も、毎晩自宅につめかける記者に白楽天の掛け軸を示し、世間に出て俗に交わることもなかろうと自らの意思を伝えていたのだが、どうにも断り切れずにこれも結局引き受けたという。著者は、ここに彼の侠気を見る思いがすると書いている。彼が退いたのは実に八〇歳のときであり、それに至る発言、心情の変化も記述されているが今は省略する。彼はその三年前、日本万国博覧会協会の会長に就任していて大阪での博覧会は経団連会長退任二年後に開催されている。

「バックボーン」では、彼が迷いながらも一旦引き受けた後には、勇気を持って正面からこれに対処していく強い性格が述べられている。特に東芝での組合とのがっぷり組み合った一九四九年の交渉の様子は迫力がある。人員整理をせざるを得ない方針を彼は逃げることなく組合に伝え説得にあたった。十六工場二万二二〇七人のうち四五八一人の整理を決め組合に通告したのが七月で、社長就任三ヶ月後であった。七回にわたる団交、各工場は波状スト、赤旗デモと革命歌で埋まったという。長期戦を覚悟した石坂氏にとって、問題の鎮静化は意外なところから起こった。七月から八月に下山、三鷹、松川事件がわずか一ヶ月半の間に連続して起こり、これが労働陣営に重大な衝撃を与え、運動がしりすぼみになったのである。希望退職者がどんどん増えて、一一月には協定書がとりかわされ、初期の目標近い人員整理が実現した。

これが、名実ともに経営者としての石坂氏の名声を確立したのだが、考えて見ると最初から皆が嫌がる仕事をひきうけての硬骨な精神、不屈な意志と努力というのは、やはり凄い人であったと言うべきであろう。三つの事件、そしてその後の朝鮮戦争の特需など本人は「かえりみて、わたしは本当にラッキーだった」と述懐していたそうであるが、結果的には「天は自ら助くるものを助く」とも言うべきか。

彼は一九五七年（昭和三二年）に東芝の会長になり、翌年、経団連会長になっているのだが、昭和四〇年代に入り、不況が到来して、彼は慌てて土光敏夫氏をスカウトした。筆者は、松下幸之助氏と比較して、当時松下氏が家電販売に対する種々の改革を自ら行ったのに比べ、石坂氏はそういうセンスはなかったが、彼はそれをできそうな人を見抜く目があったと述べている。

もう一つは、海底油田開発の山下太郎氏のアラビア石油に思いきって資金を集め援助したいきさつが詳しく書かれている。山下氏は周辺がペテン師と言うほどのバクチ屋であったが、この事業が当たった。石坂氏は、スイス財界人の助言をもとに最後の決断を下した。その結果がどうなるか、石坂氏が首をかけて夜も寝られないくらい悩んだことが書いてある。その意味で著者は彼はバクチ向きではなく、山下氏のような度胸があったわけではないが、慎重ではあったし、それだけ責任感も強かったと見るべきだろうと述べている。

「財界人石坂の実力」は、財界総理とまで言われた彼の本当の実力の実態はどうであったのか、を実に冷静に分析しようとした本書の白眉であると思った。私が財界人の名前程度しか知らなかった経済四団体、経団連、日商（日本商工会議所）、経済同友会、日経連（日本経営者団体連盟）の動き、その特性を時代に則して書いている。以下、著者の記述を追って概略を要約してみる。昭和二〇年代において最初に華々しく活動したのは、戦後生まれの同友会と日経連であった。同友会は、一九四六年（昭和二一年）に発足したが、資本、経営、労働の三者が協調し、協力し合うことによって経済を繁栄させ、その分配の公平を期すということであったが、当時は共産党が牛耳る労働運動が盛んであった。これに対する対決姿勢を鮮明に出して、四八年に日経連が発足、労働組合への猛烈な反撃が行われ東宝争議に勝利した。このままでは日本経済は復興できない、という戦後の危機意識で、同友会は修正資本主義、日経連は労働陣営との対決の姿勢で対処したという。

これに対し、経団連は一九二二年（大正十一年）の日本経済連盟が母体で、重要産業協議会との合流で、昭和二七年に発足で遅かった。しかし、昭和三〇年代になり、神武景気（昭和三一、二年）、岩戸景気（昭和三四～六年）で、日本経済が高度経済成長を迎えるようになった。解体された旧財閥も、新しい企業集団として復活した。石坂氏が会長となったのは正にその時期であった。ビッグビジネスの企業が伸びてその結果その結集体である経団連はその存在感を増したという。この時期、徹底した自由経済発展論の石坂氏が大企業経営者のバックボーンとなっていったのであった。

一方、同友会は「経営者の社会的責任」を掲げ、日本の経済成長のあまりの速さに警戒感を強める態度に終始したという。一九六〇年（昭和三五年）にスタートした池田内閣の所得倍増計画にも、要注意という趣旨の提言を出している。ところが、そういう経営者が、自分の企業に戻ると設備拡充競争に血道をあげた。そうしなければ競争で落伍してしまうからである。そしてやがて経営者は同友会から足が遠のき、組織は金融界出身者が中心となっていった。また、日経連は、戦後の多くの労働争議が、六〇年の三井三池争議が解決することによってヤマを越え、労働者との対決の時代が遠くなるにつれ、日経連の活動自体も地味なものに移っていったとのことである。著者は別に、日本財界のヘゲモニー変遷の記述もし、宮嶋清次郎グループとか、財界四天王（小林、水野、桜田、永野）などのことも書いている。

このような中で、石坂氏のリーダーシップとは、いかなるものであったかという著者の見解が詳述されている。

著者がまず強調するのは、彼の資質、思想が、経団連会長の時代の要請に驚くほどマッチしていたということであると述べる。即ち、彼の経済発展のための自由放任主義、ナショナリズム、国際感覚などがこの時代に要求された「指導者の条件」に適合した。

その頃、自由競争は大変な無駄である、官民が相談して体制整備を行おうという通産省の次官、佐橋滋氏の構想があった。それに経済界は一様に難色を示した。競争の中での自然淘汰は試行錯誤的にある程度のムダを承知で行われるものであり、官は官、民は民でそれぞれ独立性を保つべきである、という主張であった。

特に経団連は自由競争一辺倒であり、それは一部から「弱肉強食」と批判されながらも、石坂氏はその象徴でありつづけた。著者は一方で、彼が上から指導することは避け、各々の企業の自主性に任せたこと、それが高度経済成長をもたらしたことを述べている。また、堀越副会長は、彼自身が主体的に行動したのは、もっと外向きで、民間外交によって日本の国際的地位を引き上げることに情熱を尽くした、というところにあってこれが彼の会長としての最大の功績である、と言っていたとのことである。昭和三七年、経団連首脳陣を中心とした約二〇名が箱根で会談し、この方針を立てたのがきっかけで以後多くの財界人が海外へミッション外交を行った。

ただ、石坂グループは欧米中心であった。しかし、その他の人たちは、独自にソ連に何度も訪れたり、アメリカでも、中央政府だけでなく、地方の州でも組織を立ち上げたという。

一九六六年（昭和四一年）、財界の新しいリーダーシップを目指して産業問題研究会（俗称産研グループ）が誕生した。木川田、中山、岩佐、土光、稲山、永野、安西、今里、湊、水上、藤野といった人たちだという。

その頃から、「経団連首脳部は、もっと経営者に強い指導性を発揮すべきだ」という話が聞かれるようになってきた。著者はこの点で、そう指摘もした「財界影の総理」とも言われたという小林中氏のことを特に取り上げている。氏は、石坂氏より一三歳年下であるが、父の石和銀行を継ぎ、昭和一八年四四歳で先代根津嘉一郎にいきなり富国生命の社長に抜擢された。昭和二〇年代は、初代の日本開発銀行総裁、財界四天王のキャップ格であったし、後にアラビア石油社長にもなり、いろいろな審議会の委員も勤めている。石坂氏と比較しながらいろいろ彼の主張、行動をたどっている。「石坂の時代」は、小林が居たからこそ可能であったとも言えるとまで書いている。小林の石坂観は「石坂という人は、上に立つ男だ。上に立つように出来上がっているらしい。そして、上に立つと、とにかく光る」というものであった。これはこれで非常に面白い記述であるが、今は省略することにする。

「生いたち・サラリーマン・妻子」の章は、すでに『私の履歴書』で記したことが大部分なので、それ以外で彼の本質を表していると思われることを記してみる。

彼が、高校時代に教養を積んだことは既に書いたが、スコットランドで月の晩に美しい湖畔の風景を見ていた時に彼が陶然として思わずスコットの「湖上の美人」を口ずさんだ時にイギリス人の案内係が飛びあがらんばかりに驚いたそうである。またスイスの国際会議でもシラーの「ウィルヘルム・テル」の一節をちょっと披露した時にも吃驚されたという。

実はしがない私も同様なことを経験したことがある。日光でドイツ人男女が五、六人で湯ノ湖の湖畔を歩いていて道を聞かれた。それで教えたのであるが、彼らはドイツ語で喋っていたので、「実は私はドイツ語を勉強したことがある」といってゲーテの「人間は気高くあれ」(Edel sei der Mensch)の詩の中の、覚えている一段落、最初の六行を、ドイツ語で口ずさんだ。それは高校のドイツ語の教科書で覚えたものであった。これはドイツ人なら多くの人が知っているものらしく、みんな凄く喜んですっかり仲良くなったのである。また、カラオケでシャンソン「パリ祭」(A Paris dans chaque faubourg)を原語で歌ったりもした。これはNHKラジオ講座で覚えた歌だった。若い時に覚えた詩とか歌というのは、たとえ外国語であっても、ちゃんと正確に記憶しているものなんだなあと、その時は妙な自信を感じた。

また、日仏の原子核物理学シンポジウムで、日本に来た多くの男女のフランス人科学者を前にして、冒頭で「私は二〇年前、パリの研究所に二年居て郊外に住んでいた」とフランス語で話してフランス人が「おおっ」と喜び急に親しさを覚えたせいかすぐフランス語で質問をしてきたので、ひとしきりフランス語の会話をした経験もある。もちろん使用共通言語としては、国際会合の慣例として日仏双方の科学者ともに全て英語が使われたのであるが、フランス人はフランス語が世界で一番明晰であるという誇りを持っていて、現在英語が最も国際的言語となっているのに残念な気持ちがあって、外国人がフランス語を話すのがとても嬉しいのである。

もちろん、石坂氏も書いているが、これらは別に西欧の言語や文学、文化に通じているわけでも何でもないのだが、（少なくとも私の場合は非常に皮相浅薄な知識で、真の教養とは程遠いのはよくわかっているのだが）こういう知識が外国人との交わりで友好を深めるのに非常に役に立ったというのは本当であろう。もっとも教養には絶対的な尺度というものはなく、常にそれは曖昧模糊としたぼんやりした知識の集積で、外国の文化に親しんでいるかどうかに過ぎない。

彼はいつも「私はサラリーマンだから」としばしば口にして強いサラリーマン意識を持っていた。日本の大企業といえども、大部分はサラリーマン社長である。「私は貧乏官吏の息子だったから月給にこだわるのかもしれない。だから私は遊蕩三昧というのは一度も経験したことない」、「サラリーマン人生というのは辛抱強く努力する以外にはない」と。ただ別書において、彼の息子たちに言わせると「オヤジは本当の意味でサラリーマンなんか知らなかったんじゃないか。若い時、役人から第一生命に将来の社長含みで入社して、東芝社長、経団連会長、万博会長になるまでの一生は、我々子供たちのようにごく当たり前な会社勤めのサラリーマン生活ではないからです」と書かれていて、私もそうだろうなとは思う。民間であっても最初からエリートサラリーマンであったからである。

石坂氏は無類の愛妻家であった。彼は父が目をつけた友人の娘である雪子夫人と、結婚式で初めて会ったという。石坂氏自らが言っている。「妻はサラリーマンの妻として、一生家庭の中に籠りきって、外出用の着物なぞ一枚もこしらえず、自分自身のことはいつも後回しで、七人の子供を一人前に育ててくれた。俗に女房の不作は六〇年の不作と言われる。この意味において、僕は六〇年の豊作に恵まれた。その甘さを笑う人は笑ってくれていい。笑われれば笑われるほど、生きているうちにいたわってやれなかった彼女へのいたわりとなろう」と。

雪子夫人は、一九五六年（昭和三一年）に亡くなった。石坂氏が七〇歳で経団連会長になった年の暮であった。石坂氏は日記をつけていたが、その中には妻恋いの和歌が多数含まれていた。それらを氏は後年「志乃婦草」として一冊の本にまとめた。この本にはいくつもその中の和歌が紹介されている。それには、外国に行っても、雪が降ると妻の名前が思い出されたのであろうか、きまって亡き夫人を偲んだ歌を詠んでいた。また金婚式には「金婚の日をまたずして逝きにけり　妻よ今日こそその日なりけり」などの歌が見られる。

「風格」においては、彼の悠然とした態度の中に、実に繊細な神経があったことをいくつかのエピソードで伝えている。筆者を含む工業倶楽部の記者クラブの会員が、ある料亭で経団連の幹部に招待された時のこと、時間が経ち、お歴々が次から次へと消えていき、会長と副会長の二人だけになった時に、石坂氏が「キミらを呼んでいて先に失敬するとはよろしくない。とにかく僕は最後までつきあうよ」と言った。その時、筆者はハッとして一陣の風が胸元を吹き抜けたような小気味よさを感じ、デカイやつほど、世のきまりというものを心得ているんだなあ、と思ったというのである。このように、威張らない大器━これほどすがすがしい存在はない、と書かれている。
飛行機内で秘書に「ああ、キミは飛行機はじめてだったね。富士がよく見えるよ。座席を交替しよう」といって立ち上がったという話も聞いたという。

この人がみずからを「意気地なし」としばしば言っていた。彼の歌につぎのような歌があるとして載っているのは「会合につよき主張を残し来て　ひとりともなればなんとなくさみし」。

このように、彼には相手の身分とは関係なく、思いやりの気持ちが常にあったということだろう。それでいて石坂氏の会話はつねに諷刺と諧謔に満ち満ちているとも書かれている。

このように、この本には、石坂氏にはさまざまなる側面があり、人間的迷いの多い人生でもあったことが見事に描かれていて、私も、これが彼の人間としての実相であったろうと、共感して読書を終えた。

このような石坂氏について、別の本も読んでみた。それは『石坂泰三語録　無事是貴人の人生哲学　覇道より王道を歩け』（梶原一明著、ＰＨＰ研究所、一九八四年）である。

これは、石坂氏の数々の語録を集め、種類別に著者が構成して、その意味を問いながら解釈をする、といった内容である。例えば、第一章は「男の幸福とは」、第二章は「サラリーマンとは」、第十章は「遊びの哲学とは」という具合であって、それらによって多面的な彼を描こうとした。

「無事是貴人」というのは彼が「ぼくはあくまでも無事是貴人で行きたい」と言っていたので採られた題名であるが、この本には出所は書かれていないので調べてみると禅宗の「臨済録」に出て来る言葉である。

彼が、家庭人であって、平穏無事の人生を一番大事に思っていた。「多くの人がサラリーマンを志すのは、それがもっとも波乱のない人生であることを期待するからだ」と彼自身述べている。一人は戦死したが、五人の男の子、二人の女の子に恵まれて、「それぞれに健康な身体と最高の教育、また一軒の住む家を用意してやった。俺は子供が財産だと思っている。一人一億円なら七億円の金持ちだ。それを生んだ家内は偉い」と自らが書いている。もっとも我々一般の立場から言うと、子供たちにそれぞれ一軒の家を与えたというのは、彼のような富裕者であったからこそできることでもあり、それが子供たちにとっても果たしていいことかどうかは見解の分かれるところであろう。私だったら、それがたとえ経済的に可能であったとしてもそうはしないだろう。彼ら自身が努力して手に入れるべきだと思うからである。

この本は整理された形になっているし、私にとっては既に知っていることが多いのですぐ読み終わったが、中で触れなかったものだけ取り上げて見よう。

彼は「人間の正札というものはなかなかつけにくい。……買いかぶられるのも不幸だが、過小評価や見切りだおされもいよいよ不幸である。高すぎもせず、安すぎもせず、正真正銘の正札で世の中を押し通し、また押し通し得るのが、何よりもいちばんでなければならぬ。私はいちばんの評価はモラルだと思う」、また「ぼくはホントに特徴のない生徒であった。本来、ぼくは凡々たる男なのである」とも言っている。彼は逆に、自分にない資質を持つ、山下太郎氏は快男児であると高く評価し、東急の五島慶太氏に対しても同様であった。リコーの創業者の市村清氏、慶太の子五島昇氏などに最も目をかけた。昇氏は石坂氏を偲んで「石坂さんは絶対に覇道をゆかず、正面切って歩いてきた人だからね」と言っていて、これが本書の副題にもなっている。また対抗勢力であった小林中氏とも、微妙な関係であったようだが（実際、経団連会長四選のときは小林氏は反対運動をした）、アラビア石油の件では協力した。後年、山下氏が亡くなった時は、石坂氏が会長になって半年、全ての後始末をして、後任に小林氏を据えたという。

石坂氏は政治嫌いであったが、唯一尊敬していたのが吉田茂氏だった。石坂氏の「人間が生きている環境の中で自由奔放にふるまえるのは、七十過ぎごろからではないだろうか。学問や科学はもちろんだが、人生は万事、経験の積み重ねがものを言う。吉田さんの日本の将来に対する見通しは、今の段階でもそう誤りでなかったと思われる」という言葉が引用されている。彼は東芝の社長を半年以上の逡巡の末引き受けたのだが、その頃国鉄の総裁にという話もあって、これを断った後、総裁になったのが下山定則氏（その死を巡って、自殺、他殺で問題になった人）、だから父は本当に運のいい男です、と長男でトリオ社長であった一義氏が述べている。東芝再建後の昭和二八年、吉田内閣で大蔵大臣を要請されたが直ぐにこれも拒否している。また、著者は、戦後の実力派財界人で石坂氏ほど、政治色の薄い人物はいない。東大同期の河合良成、五島慶太、正力松太郎などの、利権にスレスレの商売にも無縁であったと書いている。アメリカの航空機会社の社長が父に会いたいと言い「俺を仲介にして、三井物産から日本の航空機会社に飛行機を売りたい、という話だ。そんな危なっかしい話はまっぴらだから、ピシャリと断ってやった」と不機嫌そうに申しました、と長女智子氏が述べている。ロッキード問題に似たことも経験したわけである。

石坂氏が経団連会長になったのが一九五六年（昭和三一年）、七〇歳になる年で、保守合同いわゆる五五年体制が成立した直後である。科学技術庁が発足、日本は国連に参加した。それ以後、日本は高度経済成長を遂げて行ったわけで、その象徴的人物が石坂氏であった。しかし、彼は述べている。「私は、その歩みが、何もはなばなしいという必要はない。見てくれにははなばなしい歩みよりも、むしろ自分自身のしっかりした歩調で、自分自身の道をコツコツ歩いて来た人の足跡にこそ、私は美しい人間の『年輪』を見たいと思うものである」と。このような彼の本来持つ着実さが、彼を、時流の中で、巨人に押し上げたと言えるであろうと思った。

もう一つ、氏については、城山三郎氏の『もうきみには頼まない』（毎日新聞社、一九九五年）という、彼が主人公の評伝小説が一時期有名になった。私は発売まもなく購入して読んだが、その時の読書では何の印象も残っていないが、今回あらためて再読した。この「もうきみには頼まない」という言葉は、石坂氏が経団連会長の三期目に入った頃、それまで間借り状態であった経団連の新しいビルを作ろうということで、大手町の一角の国有地の払い下げの申請を当時の大蔵大臣水田三喜男氏に何度も直接願いに行ったのだが、らちがあかず、石坂氏がついに癇癪をおこし、水田氏（調べて見ると一九歳若い）に放った言葉だとのことである。

城山氏はあとがきで一度この有名人を書いて見たいと思ったが、何ともつかみづらい人に見えて、苦労した。生前一度は会って話を聞きたかったが機会がなかったと述べている。氏は当然のことながら、多くの資料を読んでいて、私の先述の三冊も読んでいるし、それ以外に石坂氏の日記を詳細に読んだようで彼の気持ちの流れ、数々のエピソードもたくさん含んでいる。また彼の息子、娘あるいは関係者にもインタビューを試みて、その時々の意見、感想も聞いていて中身を充実させる工夫もしている。既に大筋を知っている私としてはすいすいと気楽に読めたが、たぶん以前ほとんどさしたる感想もなかったのは、雑に読み流して所詮、サラリーマンとして順調に出世街道を進んでいった石坂氏の人生が、平凡に見えたからであろうと思う。

この評伝の中では、彼が第一生命を辞め、東芝に就任するまでの苦しい時が、印象的である。一九四四年（昭和一九年）、軍の指示で会社の日比谷のビルの六階以上が東部軍管区司令部として接収され、臨時社長室が五階に移った。その後、終戦の決断、近衛師団の反乱を抑えた軍司令官田中静壱大将が六階の元会長室で拳銃で自決した。その後、ビルは全館、アメリカ進駐軍の総司令部に引き渡され、会社は京橋に移る。

戦禍の中で、一九四六年、七五万円という巨額の財産税を石坂氏は銀行からの借金で納入、一〇月に彼は社長辞任を申し出た。後継者も育って来たし、これは激しいインフレのため保険金の価値が目減りし、加入者に対して申し訳ない、けじめをつけるべきだと考えたためである、と書かれている。一旦は矢野会長から突き返されたが、年が開けて、会長社長ともに退任と言い渡されたという。その時の彼六〇歳の日記での感懐は「永い一生何のなす事もなく冥土の土産になる様なことは何もしなかったといふ他はないというのが実感である」、「振返って考へると私が第一生命へ入った事は所を得なかったと思はれる。殊に人的結合に於て失敗であった」とも。三二年間のサラリーマン生活で、八年の社長であったのにである。これは最も期待していた出来の良かった次男泰介の戦死の報も響いたようである。こんな文を読み、後年の輝かしい彼の事績を考えると、彼にして人間どうにもならない落莫した気分に陥る時もあったんだなあ、と妙な感にうたれる。この頃、することもなくパスカルの『パンセ』とかルナンの『キリスト伝』、河上肇の『自叙伝』などを読み、漱石の『道草』なども読み返したという。その上に、戦時中満州にあった国策会社の監事をしていたことで追放仮指令も受けた。これは長男一義氏の努力で一九四八年(昭和二三年)一月に解除の指令が届いたのであるが。

終戦の翌年、大蔵大臣の渋沢敬三氏が日銀総裁への就任を求めたが石坂氏は、一国の金融の舵取りをする用意もできてないし、官のポストは自分に合わないと固辞した。それでなったのが一万田尚登氏だった。四七年の八月の日記には「精神的には希望のない怠惰な生活の脅威にさらされつゝ、其の日を送るのであるから全くたへ難い苦痛であった」と書いた。

そして東芝再建の話が来たのが四八年夏であったわけである。東芝争議は労働者側に応援部隊が来て、その中にはまだ東大経済学部の学生だった堤清二氏なども来ていた。それは全国の最大最強の労働争議でありハイライトであった、という。また、あろうことかアメリカのＧＨＱまで労働運動を日本の民主化として煽っていたという。それに対する怒りを石坂氏はたびたび日記に書いている。「ネジを左に巻きすぎた。日本人ほど御しやすい国民はないのではないか。ＧＨＱの将軍に対する日本警官の直立不動の敬礼は、世界中に見られない光景である。彼らは外国人に敬礼する機会を得たことを、誇りとし光栄としているのである。あきれ返ったことである」と。東芝に行くことに賛成したのは先述の山下太郎氏に加えてもう一人、長男の一義氏で、東大でマルクス経済学を勉強していて日銀に行った彼が「他にやる人が居なければやるべきだよ」と言ったというのだから、この人もなかなかの人である。その結果、六二歳で彼は従業員二万二〇〇〇名のうちの二〇パーセント強を削減するつもりでのりこむという一大決心をしたわけである。そしてこの実績が名実ともに彼の経営者としての名声を高めた。

しかし、意外なことに彼自身は「あれは時代が収めたことで、僕でなくてもやれた。自分では東芝への最大の功績は電業社を合併したことと、石川島播磨タービン（注一）を合併したことだと思っている。あれは僕でなければできなかったことだ。しかし、誰もこのことを褒めてくれない」と漏らしていたという。

海外旅行が初めてであった妻とハワイに旅行した後、半年にして妻は六二歳でがんで亡くなった。石坂氏は寝室に籠って泣き続けたという。そしてその後も生涯妻を恋うる和歌を詠み続けるのである。その後、数ヶ月も経たないうちに七〇歳直前で経団連会長を引き受けることになる。

この評伝では、ここまでがほぼ半ばであり以後、経団連会長、八〇歳での万博会長就任、それが終わって、八九歳で亡くなるまでの公的活動、日常の生活が、そして心境の変遷が、彼自身の日記の内容にも基づいてかなり詳しく書かれている。章の名前も「わがまま適齢期」、「無所属の時間」、「後任人事」、「命を楽しむ人」などという具合である。これらは、私にとっては、興味ある老いのあり方の一つだなとも思ったが、ここで今ことさらとりあげるほどの気はしない。

城山氏はあとがきで、現在、長々と景気が続いたためか、日本の政・財・官界は同質化が進み、仲良しクラブ的なつき合いばかりがふえ、拳骨を突き出す人が稀になった。彼のような存在感のある人間が求められていると書いている。執筆の一九九三年は、バブルがはじけて日本が長期不況に突入した頃である。

注一、　本文中では石川島播磨タービンと書かれているが、これは石川島芝浦タービンのこと。

理系人間　土光敏夫氏

私が日本の理系の財界人として、尊敬おくあたわざる人というと、今までにも『志気』で牧野昇氏、『折々の断章』で堀場雅夫氏、『悠憂の日々』内の「私の履歴書読後感」で、松前重義氏などをとりあげたが、そこに含まれなかった人として、特に私が大好きであった人として土光敏夫氏をあげたい。

土光氏は一八九六年（明治二九年）生まれであるから石坂泰三氏と一〇歳違う。

彼に関しては、私の書棚に何冊かの本があり、だいぶ以前のことであるが読んだ時の感動を思い出す。それらは『土光さん、やろう』（山手書房、一九八二年）、『私の履歴書』（日本経済新聞社、一九八三年）、『日々に新た　わが心を語る』（東洋経済新報社、一九八四年）である。いずれも、父が出版当時購入した本で、私が現在の家に移ったあとで見つけてすぐ読んだものであった。父は几帳面な性格で、本を購入した日付が月日を含めてほとんどの本の末尾に鉛筆で書きこんであり、それを見ると、それぞれ昭和五七年、五八年、五九年とあった。母が一九八一年（昭和五六年）に六七歳で亡くなっているから、その後、気力を奮い立たせる意味でも、当時、八五歳の高齢でありながら、臨時行政調査会の会長になっていた土光氏に興味を持ったのではないかと思う。計算して見ると、父は一九八三年(昭和五八年)に七三歳であり、それは現在の私と同年齢の時に当たる。そして八三歳まで生きた。

私は若い時から、どうも自分にない性格の持ち主にたまらない魅力を感じるというところがあった。だから、中学、高校でも、中学二年の時に鎌倉・逗子遠泳大会でなみいる大人たちを破って優勝した渡辺享君にはすぐ弟子入りして水泳を習ったという思い出がある。彼は翌年、自ら命を絶った。(『折々の断章』内に記述）高校では、後に芸大建築学科に進んだ添田浩君と親しくなり、修学旅行で京都、奈良に行った時は、あちこちの寺を二人で歩き、いろいろ古代建築の詳しい様式、技術を聞きながら楽しい見学をした。彼とは今でも大の親友である。

そういう意味で、土光氏の性格はもともと自分とは全く異なるものを感じた。質素な食生活で「めざしの土光さん」という言葉が有名になったり、また野人そのものの行動で「財界の荒法師」とか言われたが、その逞しさは歴代経団連会長の中で傑出した存在だった。もう一度、彼に学ぶべき点を確認したくなったのでこれらの本を再読したのである。

この臨調のメンバーは会長、八人の委員、二一人の専門委員よりなっていて、昭和五七年四月に設立された。私の知っている名前は多くないが、委員には、日本経済新聞社顧問の円城寺次郎氏、伊藤忠商事相談役の瀬島龍三氏、国際基督教大学教授の政治学者辻清明氏、東京証券取引所理事長の谷村裕氏、他に同盟副会長、総評副議長が入っている。専門委員は多数だが、ウシオ電機会長の牛尾治朗氏、全日空の顧問住田正二氏、三井造船会長の山下勇氏などがいて、まずは当時の民間企業の代表者が数多く含まれていた。その他東大教授公文俊平氏、朝日、読売、毎日の三大新聞の論説委員、元編集主幹などの名も見える。

『土光さん、やろう』は、臨調の会長の土光氏と、専門委員の慶応大学経済学部教授加藤寛氏、および評論家の細川隆元氏の対談を書き記したものである。当時何が問題となっているか、それをどうしようとしているか、これらに関しての彼らの意気込みが、一八九六年（明治二九年）生まれの土光氏、一九〇〇年（明治三三年）生まれの細川両氏の闘志満々たる発言を中心として書かれている。細川氏は日曜テレビでの小汀利得氏との「時事放談」でその遠慮のない毒舌で有名であったが、ここでも、自分は言論人として臨調の外野の応援団として頑張るとして、まだ結論を出していない検討進行中の臨調で立場上発言しにくい土光氏を激励し、実質的に、会話をリードしている。二人に比べれば遥かに若い一九二六年（大正一五年）生まれの加藤氏は、どちらかと言えば議論の整理、進行役となっている。しかし、加藤氏はもっとも重要な第四部（三公社五現業、特殊法人の在り方）の部会長として、改革の具体案の作成とりまとめに尽力した。（彼は後に千葉商科大学の学長になった）。

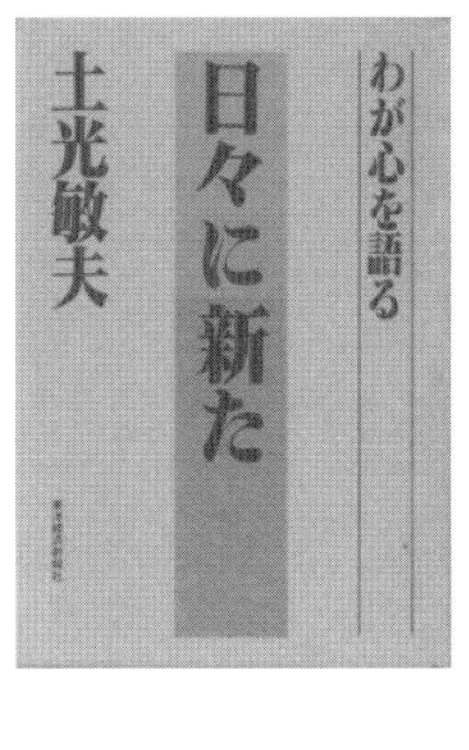

議論の内容は後で触れるとして、まず土光氏の生涯についてだが、『私の履歴書』に書いてあるので、それを掻い摘んでまとめ、感じた点を述べて見たい。

前節で、石坂泰三氏について述べたが、彼は東京で育ち、典型的なエリートコース、一中、旧制一高、東大法学部と進んだのに対し、土光氏の青年時代は相当違う。岡山の郊外の大野村というところで育ち小学校は家から二キロほど離れていた。小学校の頃から力が強く六十キロの米俵を軽々と持ち上げていたし運動会ではほとんどの賞を独り占めした。相撲も好きだったし自らを腕白であったと言っている。父の商いの手伝いで、荷物を載せた小舟を岡山の掘割沿いに往復二時間引っ張る。お陰で足腰も強くなったし腕力もついた。こんな調子で県下一の県立岡山中学を受けたので見事失敗してやむなく尋常高等科に進んだ。さらに二回受けたがこれも失敗、ついに県立はあきらめて私立関西（かんぜい）中学に入ったという。そこは教育熱心な校風で彼はやっと向学心に目覚め卒業時は二番であった。

彼が、エンジニアの道に進んだのは、伯父常次郎氏が琵琶湖疏水・蹴上のインクライン（一種のケーブルカー）の建設に貢献し、土光一族の誇りとして「常おじのようになれ」と幼児から聞かされてきたことが大きかったという。だから彼が工学の学校に行きたいと言った時は両親はすぐ賛成した。

しかし、家は何の心配もなく上級学校に進めるほど裕福ではなかったので、早く社会に出ることができる専門学校に、また理数が得意だったので、高等工業を選択した。最も難しいと言われた競争率二二倍の東京の蔵前高等工業（現東京工大）を受けたが、田舎育ち、見事に失敗して、郷里に帰り、代用教員を勤めながら、一年間受験勉強に励み、幸い二度目には機械科に合格した、しかもトップでということで嬉しくて直ちに母に手紙を書いた、と自ら述べている。

生家は熱心な法華経の信者で後年土光氏が朝晩読経をするというのもその影響であり、両親、特に七〇歳になって、女性の教育の重要性を思い、橘学苑という女学校を起こした母の話が詳しく書かれているが、その話は今は省く。

それほど裕福ではないので彼が蔵前に入った時、土地を少しづつ売って学費に充てると母に言われたものの、生活を切り詰めるため、一年の時は友人三人と一緒に家を借り、交替で自炊、二年では住み込みの家庭教師となったという。こういう点では今でもそうであろうが、地方から仕送りで学生生活を送るというのは、大都市での自宅通学が可能な学生に比べて経済的にははるかに苦労が多いようだ。

常に生長（級長）であった土光氏は、就職では最後のほうでの選択で、大手の三菱、三井などの大企業はとっくに同級生が占めて、ふと見ると東京石川島造船所が残っていた。給料は低かったが、技術屋として生かしてくれるならえり好みはしないつもりでいたので三人の級友とともにそこに就職したという。こういう点、石坂氏のような多くが出世願望の強い役人の世界を選び、どの省に進むか、いろいろ考えたというのとは全く違っていた。私の学生時代も、東大工学部で就職する会社をじゃんけんで決めたという話を聞いたことがあり、理科系の学生堅気はかなり異なっている場合が多い。ほどほどの会社であれば、どこに行ったってそう条件は変わらない。あとはそこで面白い仕事を見つけ自分で頑張るだけだという楽天性である。

一九二〇年（大正九年）に入社した石川島造船所は従業員は千人弱、配属されたのがタービンの設計で、これは蔵前時代から主力に勉強していたものであった。彼は入社一年半後、スイスのチューリッヒにあるエッシャーワイス社に研究留学した。その会社は石川島がその技術に目をつけ、技術契約を結んだばかりのところで、それを勉強してこいということだったのだから彼も張り切ったと想像できる。スイスで困ったことはダンスパーティの誘いで、彼はダンスが苦手でそういう時はいつもスキーをかついで山の中に逃げた。お陰でスキーは上手になったという。いかにも無骨な感じの土光氏らしい。

二年半滞在し、帰国したのだが、出発前、会社の取締役の娘の女性と見合いし、彼は結論は母に任せ外国へ、母は娘の家を訪問して質素な暮らしぶりと親を大事にしている家風が気にいったらしい、帰国後一ヶ月で挙式したと書かれている。義父は蔵前の先輩でもあった。こういう記述は本人が書くのだから、サラッと書いてあるが、昔の人のテレみたいなところがある気がする。後に彼らの長男も石川島に入社している。

タービンはそれまではアメリカGEなど外国製ばかりであったが、国産タービンはこの頃から生産が始まり、海軍の軍艦用、発電機用スチームタービンなどで、やがて故障の多い外国製に変わって、優秀な性能のものが作られていった。その頃から既に土光氏は日本の技術者の努力と能力に非常に自信を持っていたことが述べられている。

やがて、一九三六年（昭和十一年）石川島と芝浦製作所が合併し、彼は三九歳にしてその子会社である新会社、石川島芝浦タービンの技術部長に任命された。彼は創立総会で社員代表で挨拶をしたという。四一歳で取締役、日本は太平洋戦争に突入、その間も松本、辰野、木曽、伊那と工場網を広げて行ったが、敗戦。その年にいち早く鶴見工場の再建などに立ちあがり、三ヶ月後には一部稼働開始、そして一九四六年に五〇歳で彼は社長に就任した。本格的な再建のため、鶴見と松本をピストン往復する生活が続き、利用する汽車はたいてい夜行で超スシ詰めの混雑の中、立ったまま眠る夜も何度かあったという。彼が頑健な身体を持ち、優秀な人でもあったことは間違いないが、ここまでエンジニアとして非常に順調に社会の階段を上って行ったと言うことができると思う。社長になって一番奔走したのは資金繰りで、銀行や通産省に融資や補助金で猛烈な運動を行ったと述べている。既に戦時中の西欧の資料を取り寄せることから始まっていたのだが、この間純国産のジェットエンジンの開発で、技術者が努力したことがかかれている（注一）。

そして一九五〇年（昭和二五年）彼は本社、石川島重工業の社長に迎えられた。入社後三〇年、五三歳の時である。この時、石川島芝浦タービンでは土光氏の残留運動が起きたということであるが、その時、石川島重工業は一億円以上の赤字を出し無配に転落し、首脳陣を一新する必要があって、無理矢理に引っ張られたのである。

土光氏は就任早々、役員の総数を減らし、給与も縮減した。それまでなかった社内報をつくり、彼の方針を徹底させることを遂行した。出勤する社員は吃驚しただろう。彼は一月四日、社員の初出社の日に、なんと早朝正門前に立って、一人一人にそれを手渡した。彼の方針でまずとりかかったのが、事務の合理化であった。日本能率協会より技師を招いて、生産合理化委員会を作った。このように、土光氏は自ら率先して行動するのだから社内が緊張せざるをえない。また、各工場の現場にも行って、技術出身だけに具体的に機械の調子などを聞き、調子が悪いと、ここが問題ではないかと指摘する。それがよく当たったりしたから、現場も引き締まるといった具合だったらしい。

社長就任の翌日、朝鮮戦争勃発、折りからの特需で、会社の売上げはみるみる上昇、五〇年上半期の七億円弱から、五二年下期は、三〇億円強と、実に五倍近く跳ね上がった。その五年後の五七年はさらにその五倍になった。土光氏自身、そのような回復期に社長を仰せつかったことは、全くの幸運であると、述べている。これは石坂氏が土光氏の社長就任の前年に、東芝社長になって争議をおさめ、その後同じく朝鮮特需で東芝を再建できたのと、並行していて、この頃の日本の産業界の運の良さが、ひときわ印象的である。

一九五二年（昭和二七年）の、造船疑獄事件で（注二）、土光氏も逮捕され牢獄での二〇日間の拘置生活を経験した。結局「関係なし」となったが、彼は「人生には予期せぬ落とし穴がついて回る。公私を峻別して、つねに身ぎれいにし、しっかりした生き方をしておかなければならない」と思ったと記している。

ブラジル進出の話が詳しく書いてある。石川島重工はブラジルで、それまでにもベレンなどでの海軍の施設拡充や造船所の整備拡張を請け負ったりしていたが、一九五八年、リオデジャネイロに石川島ブラジル造船所の建設を開始し、今では中南米一の造船所になったと書いている。この頃からの交渉などで彼は何十回もブラジルに行ったことが、後年引退してブラジルで好きな百姓生活を送ろうと思ったきっかけだった。

一九六〇年（昭和三五年）、日本中が安保改定反対闘争で燃え上がった年、石川島重工業と播磨造船所が合併し（ＩＨＩ）、彼は未来に向けて壮大な目標額を提示して進軍ラッパを吹いたという。その結果、二年後にはＩＨＩは造船世界一になった。その第一の功労者はそれまでの細長い型からズングリ型に設計を変えた、真藤恒氏（のちの社長）だと述べている。タンカーはすべてこの型になった。一九六四年十一月、一四年半の社長を退任した。

翌年の一九六五年（昭和四〇年）五月、六六歳で、彼は経団連会長でもあり東芝会長の石坂氏の要請を受けて、減配続きの東芝の経営立て直しを期待されて社長に就く。彼は長年、東芝の非常勤役員をしていて、石坂氏は彼をよく知っていた。石川島重工業、東芝と、彼はいつも調子の悪くなっている会社の社長に据えられるのだから、トップになると言っても、最初から大変だったと思うが、これが彼の運命であり、そこで彼の能力が発揮されたのである。

東芝の従業員数は石川島の三倍、この病根はどこにあるか、まず調査をした。その結果、優秀な人材が豊富に居ることがわかり、これを活用さえすれば回復は絶対に可能であると思ったという。これを生かすには組織にバイタリティーを与えること、各事業部に権限を一〇〇パーセント与えて責任体制を明確にすることだと思った。就任後「一般社員は、これまでより三倍、重役は一〇倍働く、私はそれ以上働く」とハッパをかけ、自ら毎朝七時半には出社した。

初出社の時のエピソードが書いてある。受付では「どなたでしょうか」「こんど御社の社長に就きました土光というものです。よろしく」などという珍妙な挨拶が交わされ、守衛は、吃驚して最敬礼したのだそうである。会議は八時半、その間誰でも社員は相手にすると社長室のドアはずっと開けておいた。彼自身、全工場、支社、営業所をくまなく訪問した。「私はざっくばらんが好きである」と自ら言っているが、社長自ら作業服で現場を見て回った。ほとんど夜行で出掛け、夜行で帰るトンボ帰りが多かったと言う。そして他社への売り込みも社員と同じように自ら出掛けて行うこともある。このような率先垂範、チャレンジ精神が社員の士気、行動に反映しないわけがない。

折しも、社長就任の翌年からいざなぎ景気(注三)という大型景気が始まり東芝はみるみる回復した。八期連続の増益で、一九六九年には年間売り上げが五〇〇〇億円を越えたという。彼自身「石川島の時もそうだが、自分は大変幸運な男である」と述べている。この間に彼は適材適所を実現するために、自己申告や社内公募によって、四年間で一六〇〇人以上の人間が移動したという。こういう人材起用が実を結んで、東芝はもう大丈夫と思い四七年、彼は七年間の社長を退任した。

続いて一九七四年(昭和四九年)、副会長を務めていた経団連の四代目の会長に推挙されたのである。

七七歳の時であった。この時もブラジルで牧場をやろうと考えていて、それを石坂氏も知っていたし、まさか自分にその任務が来るとは思っていなかった、と述べている。

彼の生き方を見ていると、およそ出世とか人事といったものには関心がなく、よく聞く社内での派閥などというものにも関係せず、ひたすら目前の問題を解決するべく全力を尽くす、如何にも実直な技術者といった態度を終生キープしている清々しさを感じる。それを見ている周囲の人たちがいやおうもなく彼を推挙して、彼は次から次へと重職に推されていくのである。

今、その間の時代を振り返って見ると、日本が産業の発展、特に重工業が数々の機械、電気、化学の装置を製造し続けて、社会構造の基幹部分を整備、確立して行った時代で、土光氏の活動は正にそのような製造機メーカーのリーダーとして、相応しいものであったと言うことができよう。ある意味で、物に即した仕事というのは彼のような馬力が必要とされる。これが金融関係とか、サービス業などでは、必ずしもそういうわけにいかない。その意味で彼は時代が要請したことにピッタリの資質であったと言えると思う。

その翌年、彼が多年に亘って、「その知識の深さ、人を見る目、素晴らしい大局観」と述べ、尊敬していた石坂氏が亡くなっている。

経団連会長に就任した時が、前年の石油ショックで、大インフレと大不景気がやってきた。値段が一挙に跳ね上がり、七四年の三月期決算を一〇〇とすると、七五年九月期は全産業で二六に落ち込み製造業はわずか八に落ちて、気息えんえん、その後の七八年三月期でも、全産業五七で半分、製造業では三七で三分の一しか回復していないという状況だった。物価の上昇率は七四年に三〇パーセントにも及び、春闘の賃上げ率は三三パーセント、この賃上げを企業は資産売却などで何とか吸収したのであると書いてある。またロッキード事件なども起きて、大変な時期であった。彼は誰とでも会う主義だったから、一日に少ない時で十人、多い時は四十人ぐらいの人と会っていたという。

それらに対する彼の「行動する経団連」の標語とともにさまざまの苦労話も書いてあるが、今は割愛したい。むしろ、私が印象的であったこととして、この本の担当記者、日本経済新聞の文化部長であった刀根浩一郎氏が書いた「あとがき」につぎのようなことが書いてある。

城山三郎氏は、「一瞬一瞬にすべてを賭ける、という生き方の迫力。それが八〇年も積もり積もると、極上の特別天然記念物でも見る思いがする」と評したそうだが、実は経営者としての猛烈な勉強が、本当の中心ではなかったのだろうか、行動より知識量であるという。土光さんが経営陣に入ってからの経営学の勉強ぶりはものすごい。下手な学者はハダシで逃げ出すほどの読書量だ。例えば、戦前からのフォードやGEの経営システムは、徹底的に研究し尽くしている。ドラッカーなどはだれよりも早く知ったようだ。……とかく、行動力や猛烈ぶりばかりが表面に立っているが、土光経営の成功の秘密は、より豊富な経営学の知識量にあったのではあるまいか。もっとも、その知識が行動と直結していなければ、成功はおぼつかない。こうした知識獲得行為やそれを実現する実行動は、一瞬一瞬を全力投球で生き抜く生き方にある。

六年間の会長も終わって、ほっとするのもつかの間、一九八一年(昭和五六年)三月、鈴木善幸首相、中曽根行政管理庁長官に請われて、第二次臨時行政調査会長に就任する。彼はこのとき実に八四歳であった。ここで、彼のような長老に政界が出馬を懇請したのには、この行政機構の改革には、官僚、官公労、その他現状維持派の凄まじい抵抗が予想され、一大勇気が必要になると踏んだからである。それほど、役人というのは、あるいは、国の機関で働く人間は親方日の丸であってことごとく保身感覚が強い。長年のその慣行を改革しなければ、日本のさらなる発展はない、そのためには民間にあって清廉であり猛烈主義で荒法師と言われて絶大な権威を持っていた土光氏をトップに据えてというのが、この時の進歩的な自民党政治家の気持ちであったのであろう。ここからは、最初に出した『土光さん、やろう』に話を移したい。

私が、今の時点でなぜこのような既に済んでしまったことに興味を持ったかというと、一九八〇年代当初のあの当時、土光氏を会長に据えて、政府も財界も火の玉のようになって、長年の問題となってきた行政組織の改革を目指したが、結果がどうであったか、その成果と未解決のまま残った問題とを見極めたいということと、その過程で、明らかになった政治の問題点、困難な点というのは、たぶんかなり社会における本質的なもので、今後にも何度も何度も繰り返されることになるのではないか、それを見透してみたいという気持ちがあったからである。

この本の構成は既に書いたが、日本が世界にどう相対して行くか、民間が二度の石油ショック（一九七三年の第四次中東戦争、七九年のイラン革命に続いたＯＰＥＣの石油値上げ）に対して血のにじむような努力をしてこれを乗り切ったのに、官側の機構は相変わらずのお上依存で、国鉄は膨大な赤字、いわゆる三公社五現業（国鉄、専売公社、電電公社、郵政、林野、印刷局、造幣局、アルコール専売）という国が経営する事業をいかに整理、活性化するかが大きな問題となっていた。また国の財政赤字の累積も上がる一方であった。このような状態をどう脱するかが問われていて、臨時行政調査会がつくられたのである。土光氏は会長になるにあたって鈴木首相に四つの条件をつけた。それらは、一、首相は臨調答申を必ず実行する、二、増税によらない財政再建、三、地方自治体を含む中央・地方の行革推進、四、三K（コメ、国鉄、健康保険）赤字の解消、特殊法人の整理、民営化、官業の民業圧迫排除など民業活力を最大限生かすこと、であった。

彼は首相からそうするという回答を得たので引き受けたという。これがいつの世でも「そうする」ではなくて、「そのように努力する」ということであるのは当然である。国会もあるわけだし、彼一人の責任ではないからである。「それでどうなったか」が、私の問題意識である。

臨調というのは、政府への諮問機関であるが四つの部会に分かれていた。本の文末に列挙された資料によると、第一部会は「行政の果たすべき役割と重要行政施策の在り方」、第二部会は「行政組織及び基本的行政制度の在り方」で、三つの分科会を持ち、各々は「公務員制度」、「行政情報の公開と管理、行政手続き」、「予算編成、執行、財政投融資」である、第三部会は「国と地方の機能分担、保護助成・規制監督行政の在り方」で二つの分科会を持つ、各々は「許認可の整理合理化」、「国と地方の機能分担、財源配分」、第四部会は「三公社五現業、特殊法人の在り方」であった。

これを見ると、まことにもって申し分のない検討課題であり組織化であるという感じがする。人間の考えうることは、概念としては、いつも立派である。

この本は三つの章からできている。以下、この線で、各々での内容をまず概観しようと思う。

第一章「行革は第二の明治維新」では、二人の長老の大変意気盛んな議論が展開されている。既に一九八一年（昭和五六年）七月に五七年度予算に向けての第一次答申が出されていて、次の第二次、一九八三年（昭和五八年）三月の基本答申に向けての作業中の段階である。加藤氏は、行革の目標は「自立する社会」であると述べ、土光氏は「昭和五七年の予算は増税なし、赤字国債は打ち切りということでスタートした」という。もっともこれは参議院で認められず、四千億円の国債発行になったが、五百億円くらいの減額にはなった。加藤氏は「ともかくも穴は開けた」と言ってはいるが、土光氏は「五八年度が大変だ」と言っている。

世界的な不況の中で、日本がこれまでやってこれたのは、国債を大量に発行できたことと、輸出ができたことにある。しかし、「これからずっとこの調子が続くとは思われない。日本が変わらなければならない」と三人とも強い意識を持っている。

それが第二章の「日本は変わらなきゃならん」である。ここでは、第一から第四までの部会のそれぞれの活動を順次とりあげて議論している。立法との関わり、防衛を扱う是非、補助金行政、タテ割り行政、道州制、地域社会、三公社の組織改革等々、各々の問題に、特に細川氏は朝日新聞記者以来の長年の政界、官界とのつきあいによる豊富な経験談を随所に入れて怪気炎を上げて議論を引っ張っているが、それぞれの終りに各部会長のインタビューがつけられている。第一部会は梅本純正氏（武田薬品工業副社長）、第二部会は山下勇氏（三井造船会長）、第三部会は亀井正夫氏（住友電気社長）、第四部会が加藤寛氏（慶応義塾大学教授）である。

第一部会は重要行政施策の在り方を考える、農政、社会保障、文教を始めとして、総合安全保障、税制までにわたり原則的なことを議論するということなのだが、この本で書かれている限りではさしたることはない。「国民と国の安心と安全」とか「国際社会への貢献の増大」などということを言っているうちはいいが、政治の在り方とからんでくるが、という質問に対して、三権分立で立法府のことには触れない、触れるのは任務でない、と述べている。防衛予算に切り込むのかという質問にも、これは最高の政策に関係するから議論の外である、と答えている。これは当然と言えば当然であるが、「増税なき財政再建」は最後に議論する、歳出カットがどうなるかわからない、などと具体的なこととなると、まだ議論の途上であるため致し方のないところもあるが、全く及び腰である。総論のきれいごとの典型と感じた（注四）。

第二部会は、省庁の再編合理化を議論する。総理府にあった経企、国土、行管、科学技術、環境などの各庁が独立して、総合調整機構がなくなり、タテ割りの弊害が顕著であるという。民間と違って官庁のトップはしょっちゅう変わり、法律でしばられ、人事交流や弾力ある体制もとりにくい。これをどうするか。人事庁をつくるというのは、との質問には検討中と答え、答申は「騒いだ割には大したことないじゃないか」ということになるかもしれないと、予防線を張っている。

第三部会は、地方と中央の関係の議論である。部会で会長が述べた原則は二つあり、一つはそれぞれの責任の明確化、二つは自主自立の精神を持つことと述べている。補助金は第一部会の重要行政施策の検討結果を受けて考える、補助金より地方の固有財源化として中央省庁からの差配から脱するべきかもしれない、と言う一方、財政の地方毎の格差、アンバランスをどうするかは難しい問題だと述べる。

「増税なき財政再建」と「五九年度の赤字国債からの脱却」の実現は困難になりつつある、との指摘に対しては、「そうなっては大変だ。行革をやればデフレということになり不況になる。しかし、そこをくぐらなければ日本はダメになる。土光さんも『その時々の景気対策は政府がやればいい。我々は行革と財政再建の案を出せばいい』と言っているのだから、臨調はコンサルタントで実行は国会と行政府の役目だ」と述べている。

いずれにしろ、これらの部会長の意見は、議論途上ということで、責任者としては無理ないことではあるが、慎重そのものである。多くのことが多数の異なる利害にかかわり、行政に携わる個々人の職務に影響を持つ。こんなことは既に衆知のことであるので、政府も剛腕の土光氏を上に持ってきて何とかしたいということだったのだろう。

第四部会は、先述したがこの本の共著者である加藤氏が部会長である。彼は以下のことを述べている。三公社は全て競争原理が必要である。国鉄の赤字は言うまでもないが、電電公社も黒字だからと言っても、私鉄が存在する鉄道と違って独占であるから中身が見えにくいだけで、例えばデータ通信を保守するために民間では二人でやっているのに七人も抱え込んでいる。自動化で交換手がいらなくなったのに五万人以上も抱えている。日本の遠距離通話料は外国に比べてもあまりに高く国民に負担をかけている。煙草専売は、外国煙草の自由化に対応しなければならないし、輸出する能力もある。この三公社は民間移行が絶対に必要だということであるが、五現業については、部会長として何も言っていない。

第三章は「政府は行革に命をかけよ」である。第一節「鈴木善幸の決意のほどを問う」、第二節「行革なければ日本は滅びる」となっている。まあ、これは、彼らの決意のほどがうかがわれる文章で、彼らの不退転の気持ちの表出といった表現で、総括できると思う。

それで、問題はその結果がどうなったかである。

それらを、今になって眺めると、結局、結果的には第四部会の結論のかなりの部分が次の中曽根内閣の時に実現された。三公社はすべて民営化され、国鉄がＪＲとなり各地域に分割された。電電公社はＮＴＴとなり専売公社はＪＴとなったのである。もっとも後二者のうち、多くの企業が参入した通信事業は、競争原理が働いているが、ＪＴはやはり独占である。しかし、民営化で海外への進出、煙草以外の商品開発などに積極的になったようである。結果的にも、土光臨調はこれらの民営化への提言が最大の功績となったのである。五現業のうち、郵便事業を主にする郵政は、業務の分離も行われたが、小泉内閣の二〇〇五年に漸く民営化された。林野はそのまま、印刷局と造幣局は、それぞれ特定独立行政法人となり、公務員の数には参入されない民間ということであるが、実態はほとんど変わっていないと思われる。アルコール専売は、酒類以外のアルコール製造で、日本アルコール産業（株）となった。その他でもいろいろ改良点はあったかもしれないが、問題は今でも内在し、多くは先送りされた。

現在は、赤字国債の累積はこの時から比べると、法外な額、約一〇〇〇兆円になっているのは周知の通り。ここ数年は福島の災害もあって、年毎の額も過去最高額となっている。国民の貯蓄が一四〇〇兆円あるから国としては大丈夫という議論になっているわけだが、一九八〇年代末の竹下内閣で初めて消費税が導入され、最近は消費税を八パーセントから一〇パーセントへの増税の是非を巡って議論が喧しい。臨調では「増税なき財政再建」というのがスローガンであったことを考えると、時代は実にどんどん変わっていっているとの感慨に耽る。

また、行政府の組織はと言うと、かつて、行政管理庁は、このような問題を何とかしなければならないと、実力派大臣の中曽根氏などが長官になったが、今は総務省の中の管轄になり、そこで行政機関の組織・人事・定員管理を行っているのだろうが、もう事務的なことだけのように見える。総務省というのは本来自治省中心で、その昔は内務省、大久保利通以来の役所の中枢であったが、今は大臣も主要閣僚からは程遠い人が選ばれることが多い。また、一九九〇年代の半ば、橋本内閣の時に、省庁再編で多くの調整官庁と言われた経済企画庁、科学技術庁などが、他の省庁に吸収され、厚生省が労働省と合併するなどと省庁の数は減ったし、局長ポストの数も減ったが、内部では中二階と言われるポストがたくさんつくられて実体はさしたる変化とは言えない。その後環境省ができ、やがて防衛庁は防衛省となった。その意味で、臨調以後、それでできることはかなり検討され、今や行政改革の熱はすっかり冷めている。組織的には日本の行政は国際比較では少人数のほうである。二〇一〇年当初、民主党政権下、多くの特殊法人がさしたる仕事もなく官僚の天下りの温床となっていることが暴露されたが、自民党になってからはその批判の動きもなくなった。

一方、その後の経団連はしばらくは重厚長大産業がリーダーで、土光氏のあと、会長も稲山嘉寛、斎藤英四郎氏など新日鉄の元社長が続いたが、平岩外四元東電社長が会長になる一九九〇年頃から日本は長期不況に陥り、今井敬(新日鉄)、豊田章一郎、奥田碩氏などのトヨタ自動車元社長などが続いたが、彼らが財界全体を指導的な立場で引っ張り目覚ましい仕事をしたという印象はない。だんだん傾向が変わり、現在は相当様変わりしている。また経団連の産業界での位置もずっと重みがなくなっている。

続いて、私は『日々に新た　わが心を語る』という土光氏の米寿八八歳の時の著作を読んだ。この時彼は行革の実行を監視する臨時行革審議会の会長となっている。著作といっても、これは出版社の五、六人（女性も三人いた）のグループでの人たちと座談を五回行い、彼らがその会話をまとめた文章を、土光氏が一応目を通した上で出版されたものである。石坂氏の場合もそうだが、忙しかった彼らの場合、特に土光氏は理系らしく彼の直接書きおろした文章というのは、ほとんどないらしい。

「日々に新た」というのは、中国の古典『大学』にある言葉で土光氏がもっとも好きな言葉で座右の銘にしていた（注五）。彼の日常生活での特徴は朝晩読経を欠かさないことで、これは小さい時からの親の影響だが、これで、毎日心を落ち着かせ、また、気持ちを新たにして明日に備えていたという。

彼がこの本の中で強調しているのは「各々の国民がもっと自主性を持て」ということで、補助金をあてにするような農業でなく、自らが創意工夫をするとか、教科書無償など、上ばかりあてにせず人を頼るのではなく、自らが汗をかけ、ということである。この時点で政府の許認可権が何と一万件以上もあったというが、政府はもっと民間に任せるべきだ。民間の活力こそが国を救うとも述べている。

また、この時、彼は、自分の母が七〇歳で開校した女子教育の橘学苑の校長をしているのだが、女性は家庭で子供を教育する担い手として、非常に重要な存在だと述べていて、それは自分の子供だけを対象にするのでは、少子化の現在過保護になるとし、世界に対して目を向けよということを言っている。また海外経済協力のあり方も、自らのブラジルでの経験を踏まえて、あくまでも相手の立場を十分踏まえて行動せよ、とも述べている。

土光氏には、石坂氏と違って、奥さんとの細やかな情愛の話などは全く伝わっていない。石坂氏は七〇歳という早い時に妻を亡くしたということ、彼が日記をつけていたことが、彼の心情の記録を残した。

それにひきかえ土光氏は晩年に至るまで家で夫婦水いらずの安定した家庭生活をおくったようだが、彼に奥さんを思う心情を書いた物は見当たらないが、しかし、情愛の籠った夫婦であったようだ。週末には畑で野菜作りの農作業にいそしみ、毎晩夕食は家庭で一汁一菜の簡単な食事ながら妻とこれをともにした。それが如何にも実直な理系人間の彼らしいところかなあとも思う。

彼は誰よりも石坂氏を無類に尊敬していた。それは、徹底した自由主義者であったこと、人の力を引き出す力があったこと、ともかく人間的魅力があったと述べている。彼はそれに習って、どの人にもそれなりの長所があるとして、人を生かすことと、人を見る目を養ったという。

この本には、一九八二年六月の行革推進国民大会で講壇で挨拶する彼の写真が載っているが、上部の横断幕には「頑張れ土光さん　国民がついている」と字が書かれている。こういうものは主催者である事務局が作った物で、官僚や政治家が考えたものに違いないが、彼が高齢で会長に引っ張り出されてそれを受けたこととか、毎日メザシを食べているという話だとかの庶民性も相まって、彼には「土光さん」と気易く国民から呼びかけられる雰囲気があり、何と言っても国民に人気があった。石坂氏は多くの政界、財界人に尊敬されてはいたが、土光氏は一般庶民にまで愛され尊敬された唯一の財界人であったのではないかと思う。

注一、　その後、いろいろな会社が開発に乗り出し、共同会社、日本ジェットエンジン株式会社（ＮＪＥ）が設立された時期もあるが、やがて他の会社は手を引き、現在は石川島播磨だけが生産しているようである。

注二、　朝鮮動乱の休戦成立で、造船業界は不況になり、政府は大幅な利子補給をして支えたのだが、これを巡ってリベートが政界に寄贈されたとして、一九五四年、取り調べが行われ、逮捕された者七一人であった。当時の吉田内閣で与党幹事長であった佐藤栄作氏も司直の手にかかりそうになったが、法務相犬養健氏の指揮権発動によって難を逃れた。

注三、　東京オリンピック後、約八年間佐藤栄作氏が首相であった時で、一九六六年～一九七〇年、政府は建設国債を初めて発行し、新日鉄などの企業合併が進み、マイカー時代の到来、三C時代の出現などで、五七ヶ月間好景気が続いた。

注四、　一般消費税が導入されたのは、中曽根首相の下で「売上税」が流れたあと、一九八九年の竹下内閣の時であるから、七年後のことである。

注五、　中国の古典『大学』伝二章にあり「苟日新、日日新、又日新（まことに日に新たに、日々に新たに、また日に新たなり）」。これは商（殷）時代の湯王が言い出した言葉で、「今日という日は、はじめて訪れた日である。それは、みなに平等にやってくる。そんな大事な一日だから、もっとも有意義にすごさなければならない。そのためには、今日の行いは昨日より新しくよくなり、明日の行いは今日よりもさらに新しくよくなるように修養に心がけるべきである」という意味。湯王は、これを顔を洗う盤に彫り付け、毎朝、自誡したという。

あとがき

人間、年取ってくると「我が儘」になってくるとよく言われる。これは最近自分でもその意味が良くわかってきた。というのは、長年の生活で自分が好きなものと嫌いなもの、快いものと、意に沿わないものとが良くわかって来る。そうして残された時間が少ないことを考えると、どうせなら自分でできるだけ気分の良い時間を過ごそうと思うのである。

例えば、私にとって本を読むというのは、第一の楽しみである。なぜならそれは主体的な行動であり、自分の好きな時に選びとれるし、気分の乗らない時には放っておくことができる。対象にはさまざまの種類があり、それはその時の気分で勝手に選択すればよく、読めばそれぞれは自分にとって新しいことであり刺激をうけて、自分が前進したような気持ちになる。ちょっと読んでこれはつまらないと思えば相手にしなければ良いのである。

一方、情報といっても、テレビというのは、最新の知識を提供してくれる点では優れているし、読むといったある程度の主体的努力や緊張も必要なく、スイッチをいれれば勝手に耳に入って来る安易なものので、映像入りだから本に比べれば遥かに迫力もある。しかし常に制作者の意図によって視聴者は影響される。それは本だってそうなのだが、彼らは黙っているので時間をこちらで決められるのだが、テレビは放映する側がすべて内容の言わば決定権を持っていて、その間は視聴者は時間をテレビに預けて全くの受身である。

見方を変えると、テレビは他人の生活に土足でずけずけと侵入してくるので、それを防ぐにはスイッチを切るしかない。

人と会話していても、長い経験で、これはこういうことだな、ああいうことだなということが、すぐ判断できるようになると（それが正しいかどうかは別の問題だが）、ついつい他人の話を途中でうわの空という態度で聞いたりする。他人だと、一応丁寧に応対して失礼にならないようにするが、気を許している妻からは「あなたはちっとも私の話を聞いてない」としょっちゅう文句を言われたりするのである。しかしその結果、相手も結構、こちらを無視して勝手な生活をしているようである。元気でありさえすれば、それでよい。

職業についている時は、人間関係は大事だから、相互の立場を常に考えながら行動するのだが、そこから基本的に離れて、自由な毎日を送るようになると、言わばマイペースという時間がほとんどを占めて来る。そうなると必然的に、他人から見れば「我が儘」になって来るのだと思う。

そして、それで世の中と没交渉な、勝手な思索を進めていく。世の中からも相手にされないから気楽である。しかし、一方、この頃は特に、今迄自分がお世話になった人々に対する感謝を、生きている間にきちんと記述しておかなければ、という気持ちがやみがたくなった。考えてみると、実に、多くの方々のお陰で自分の現在がある。その時は追い詰められて非常に苦しい時があったとしても、いろいろな方が助けてくれた。その結果、自分はつくづく恵まれていたのだなと感じるのである。

そして、人生に幾人かの尊敬できる人を持っていることの幸せを思うのである。それは、会ったこともない昔の人を読書で知る場合もあれば、現実に自分が付き合うことができた恩師や友達の場合もある。自分に全くない能力、全く異なる性格、そういう人からいろいろ学ぶことができた。それらが自分の人間理解にどれだけ役立ったか、自分の成長に、また自分の生活をどれだけ豊かにしてくれたか計りしれない。そういう人たちは今や亡くなった人もおられるが、まだ元気でいる友もいて、普段照れくさくて本人に直接そんな言葉をかけることなどはないのだが、密かなる心の支えとなっている。

今回、身近な方で、今もしばしばお会いしている方に関して、個人的なことをくわしく語ることを、初めて敢えてした。これは、かなり迷ったのであるが、御本人にはあらかじめの了解をとるプロセスはとらなかった。それをすると、修正事項は限りなくあるだろうし、第一そのこと自体、プライバシーの侵害として拒否されることも想定され、そうなると私の気持ちに合わなくなるからで、これは全くの私の責任として考えることにしたのである。まあ、こういうことは難しい問題である。その意味で、全く自分本位の文章で、ご本人には失礼なことは多々あるかもしれないが、感謝と讃嘆の気持ちからなので、お許しいただきたい。

最後に、出版に際し、今回も丸善プラネットにお世話になった。統括部長の戸辺幸美様、そして校正の労をとってくださった森田亨様に心からお礼を申し上げます。

二〇一五年一一月

曽我文宣

訂正

以前出版した前著『いつまでも青春』の中、「佐藤一斎」において、一四一ページで、横井小楠を間違って小南と書いてしまいました。

また前著『気力のつづく限り』の中、「ある日の文学散歩」において表記がまちがっていました。それは、一七四ページで、「六万五千回往復した」でなく、「二万三千回踏みしめた」です。

著者略歴

曽我文宣　(そが　ふみのり)

1942年生まれ。1964年東京大学工学部原子力工学科卒、大学院を経て東京大学原子核研究所入所、専門は原子核物理学の実験的研究および加速器物理工学研究。理学博士。アメリカ・インディアナ大学に3年、フランス・サクレー研究所に2年間客員、それぞれ研究員として滞在。

1990年科学技術庁放射線医学総合研究所に移る。主として重粒子がん治療装置の建設、運用に携わる。同研究所での分野は医学物理学および放射線生物物理学。1995年同所企画室長、1998年医用重粒子物理工学部長、この間、数年間にわたり千葉大学大学院客員教授、東京大学大学院併任教授。2002年定年退職。

以後、医用原子力技術研究振興財団主席研究員および調査参与、(株)粒子線医療支援機構役員、NPO法人国際総合研究機構副理事長などとして働く。現在は、日中科学技術交流協会理事。日本医学物理学会会員。

【著　書】

『自然科学の鑑賞―好奇心に駆られた研究者の知的探索』2005年
『志気―人生・社会に向かう思索の読書を辿る』2008年
『折々の断章―物理学研究者の、人生を綴るエッセイ』2010年
『思いつくままに―物理学研究者の、見聞と思索のエッセイ』2011年
『悠憂の日々―物理学研究者の、社会と生活に対するエッセイ』2013年
『いつまでも青春―物理学研究者の、探索と熟考のエッセイ』2014年
『気力のつづく限り―物理学研究者の、読書と沈思黙考のエッセイ』2015年
(以上、すべて丸善プラネット)

坂道を登るが如く
――物理学研究者の、人々の偉さにうたれる日々を綴るエッセイ

二〇一五年十二月十五日　初版発行

著作者　曽我　文宣

©Fuminori SOGA, 2015

発行所　丸善プラネット株式会社
〒一〇一-〇〇五一
東京都千代田区神田神保町二-一七
電話（〇三）三五一二-八五一六
http://planet.maruzen.co.jp/

発売所　丸善出版株式会社
〒一〇一-〇〇五一
東京都千代田区神田神保町二-一七
電話（〇三）三五一二-三二五六
http://pub.maruzen.co.jp/

印刷・製本／富士美術印刷株式会社

ISBN 978-4-86345-271-8 C0095